Sie nannte sie »*ES*«…

GOTT SPIELT EIN SELTSAMES SPIEL

ROMAN

S.W. BLANK

Bibliografische Information der Deutschen Nationalbibliothek:
Die Deutsche Nationalbibliothek verzeichnet diese
Publikation in der Deutschen Nationalbibliografie;
detaillierte bibliografische Daten sind im Internet über
http://dnb.dnb.de abrufbar.

Verlag: BoD · Books on Demand GmbH, Überseering 33,
22297 Hamburg, bod@bod.de
Druck: Libri Plureos GmbH, Friedensallee 273,
22763 Hamburg

ISBN 978-3-8482-6373-8

Dieses Buch ist auch als E-Book erhältlich.

Für alle,
die sich je ungeliebt gefühlt haben

E I N S

MS786. Die Oktobersonne strahlte auf lachende Kinderköpfe herab, die sie vor ihren Augen herumtoben sah: Buben und Mädchen, die einander um die Wette jagen, Kleinkinder, die Rutschen und Schaukeln erklimmen, Neugeborene, die von ihren Müttern behutsam im Arm hin- und her gewogen werden. Die Sonnenstrahlen tanzten auf ihrer Nase, das Sonnenlicht kitzelte ihre Augen. Ein Gefühl der Geborgenheit fuhr über sie, ein Gefühl der Freiheit drang in sie ein. Die Farben um sie herum begannen zu verschwimmen. *MS786,* kreiste es in ihren Gedanken. Auf ihrem Gesicht breitete sich ein Lächeln aus. *MS786.*

»Entschuldigen Sie! Junge Frau…? Hallo!!!«, dröhnte es plötzlich in ihren Ohren. Angélique drehte ihren Kopf zur Seite: Eine ältere Dame stand vor ihr und schaute sie grimmig an. »Was ist denn los mit Ihnen? Hören Sie denn nicht, dass Ihr Kind seit zehn Minuten unentwegt schreit?«

Plötzlich kam *ES* ihr wieder in den Sinn. Schlagartig zogen sich ihre Mundwinkel nach unten, ihr Blick wurde starr. Angélique stand wortlos auf und nahm *ES* aus dem Kinderwagen. Sie legte *ES* auf ihre Schultern und wippte *ES* monoton auf und ab.

»Unglaublich!«, hörte sie die ältere Dame sagen, als sich diese empört von ihr abwendete. *Unglaublich.* Das war es auch für Angélique, als sie erfahren hatte, dass sie schwanger war. Erst in der sechzehnten Woche hatte sie bemerkt, dass etwas nicht stimmte. Keine Morgenübelkeit, keine Heißhungerattacken, keine Stimmungsschwankungen. Auch, dass ihre Periode ausgeblieben war, war für sie kein Anlass zur Sorge gewesen, kam diese doch seit vielen Jahren nur sehr unregelmäßig. Ihre Frauenärztin hatte hinter dem Ausbleiben der Regelblutung eine Funktionsstörung der Eierstöcke vermutet und prognostizierte ihr bereits im Teenageralter, dass es für sie schwierig werden könnte, einmal auf natürlichem Weg Kinder zu bekommen. Da für Angélique das Thema zu diesem Zeitpunkt in weiter Ferne lag, hatte sie sich nicht weiter darum gekümmert. Es kam ihr im Gegenteil gelegen, denn sie ahnte bereits sehr früh, dass sie sich keine Kinder wünschte. Auch nicht, als sie Tom kennenlernte.

Es war Liebe auf den ersten Blick. Angélique hatte zuvor unzählige Bekanntschaften gehabt, flüchtige sexuelle Begegnungen und Abenteuer, aber sie hatte nie romantische Gefühle entwickelt, von Liebe ganz zu schweigen. Sie glaubte gar, sie sei unfähig, sich zu verlieben. Dann aber traf sie gleich im ersten Semester auf Tom. Er war einige Jahre älter als Angélique und studierte Jura. Angélique war auf Anhieb fasziniert von seiner Ausstrahlung, seinem Charisma: Tom konnte mit seiner Person einen ganzen Raum einnehmen und den Fokus der Anwesenden vollkommen auf sich lenken. Das traf vor allem dann zu, wenn er mit Kommilitonen über vermeintliche Fehler und Missstände im deutschen Rechtssystem debattierte. Dabei bediente er sich lateinischer Begriffe und Redewendungen und protzte mit seinem Wissen über das römische Rechtssystem. Angélique verstand nichts von alledem, studierte sie doch Bildende Kunst, und dennoch sog sie jedes einzelne Wort, das aus Toms Mund kam, begierig auf. Ihr selbst war ihre gegenseitige Anziehung von Beginn an ein unlösbares Rätsel gewesen: Er, der starre Paragrafen und Gesetzestexte büffelt und aus einer angesehenen Anwaltsfamilie kam; sie, die surreale Bilder und Skulpturen kreiert und von einer Pflegefamilie in die nächste gesteckt wurde. *Gott spielt ein seltsames Spiel.*

Angélique legte *ES* zurück in den Kinderwagen. Ihr schien es eine halbe Ewigkeit gedauert zu haben, bis *ES* sich endlich beruhigte und wieder einschlief. Das Kreischen des Säuglings klang in ihren Ohren nach. Ein immerwährender Tinnitus, der sie einfach nicht zur Ruhe kommen lassen will.

Als ihre Frauenärztin ihr im vierten Monat mitgeteilt hatte, dass sie schwanger sei, traute Angélique ihren Ohren nicht: »Sie müssen sich irren, das kann gar nicht sein… Ihnen muss ein Fehler unterlaufen sein. Ich kann keine Kinder kriegen! Das haben Sie mir doch selbst gesagt«, protestierte sie. »Ich habe Ihnen gesagt, dass es schwer werden könnte, *nicht* unmöglich!«

Der erste Gedanke, den Angélique erfasste, war Abtreibung: »Ich muss das Ding los werden… Ich kann kein Kind bekommen!«

»Das können Sie nicht, Frau Arendt, Sie sind schon im vierten Monat…«

Angélique begann zu zittern. Sie konnte, nein *wollte*, dieses Kind nicht bekommen. Ihre Frauenärztin begann auf sie einzureden, doch Angélique war mit ihren Gedanken längst woanders. Sie dachte an illegale Abtreibung und Adoption, aber sie wusste, dass Tom sich Kinder wünschte und dem niemals zustimmen würde.

Tom war außer sich vor Freude, als Angélique ihm von der Schwangerschaft erzählte. Er sprang um sie herum wie ein kleines Kind, das zu seinem Geburtstag nach langem Bitten und Betteln endlich den heiß ersehnten Welpen bekommen hat. Sie dagegen war stumm geblieben, während er immer wieder »Ich werde Vater« grölte. Natürlich bemerkte Tom, dass Angélique ganz blass gewesen war. Er bemerkte die Bestürzung in ihren Augen. Er glaubte jedoch, sie stünde in Anbetracht der Überraschung lediglich unter Schock. Übermannt von seinen eigenen Gefühlen überließ er Angélique sich selbst und telefonierte mit sämtlichen Freunden und Verwandten, um ihnen diese – für *ihn* – so großartige Neuigkeit sofort mitzuteilen. Je mehr Tom sich freute, desto klarer wurde Angélique, dass sie ihm ihre wahren Gefühle nicht offenbaren konnte. Sie liebte ihn zu sehr, um ihm sein Glück zu nehmen.

Als die Hebamme ihr das Kind nach achtundzwanzig qualvollen Stunden auf die Brust gelegt hatte, sprudelten die Tränen nur so aus Angéliques Augen hervor. Doch es waren keine Tränen des Glücks, keine Tränen der Erleichterung. Es waren Tränen der Verzweiflung, Tränen der Furcht. Sie wusste augenblicklich, dass sie das Kind, das sie neun Monate in ihrem Körper getragen hatte, das ihr eigen Fleisch und Blut war, nicht liebte. Es war ihr außerirdisch, es war ihr zuwider. Es war der personalisierte Ausdruck von allem, was sie nicht wollte. Diese Gewissheit versetzte sie in panische Angst: Was würden Tom, seine Familie und Freunde sagen, wenn sie bemerkten, welche Gefühle sie ihrem eigenen Kind gegenüber hegte? Wie könnte Tom sie noch lieben? *Sie*, die sein Kind nicht wollte? Da lag dieses zerbrechliche Wesen auf ihrer Brust und brüllte nach Geborgenheit und Wärme, doch sie spürte nur Ekel und Kälte. Es war, als hätte man ihr ein fremdes Kind aufgehalst, um das sie sich nun entgegen ihrem Willen kümmern sollte.

Tom dagegen liebte sein Kind von der ersten Sekunde. Er spürte eine tiefe Verbundenheit, wenn er es in seinen

Armen hielt, wenn er es liebkoste und über die Härchen seines kleinen Köpfchens strich. Er war es auch, der den Namen des Kindes ausgewählt hatte: Marie. Angélique hatte seinem Vorschlag bereitwillig zugestimmt, fühlte sie sich dem Kind ohnehin nicht zugehörig. Schon während der Schwangerschaft hatte sie Tom alle Entscheidungen treffen lassen, von der Kür des Vor- und Nachnamens, über die Einrichtung des Kinderzimmers bis hin zur Wahl von Schwangeren- und Elternkursen. Abgesehen davon war es Angélique jedoch gelungen, ihre wahren Gefühle vor Tom zu verbergen: Sie war zu allen Arztterminen erschienen und hatte verschiedene Geburtsvorbereitungskurse besucht; sie hatte Tom dabei geholfen, das Kinderzimmer zu streichen und die Möbel aufzubauen; und sie hatte auch Freunden und Toms Familie gegenüber erklärt, dass sie sich auf das Kind freute. Angélique fiel diese Täuschung nicht schwer, redete sie sich unentwegt ein, dass sie »das Ding«, das in ihr wuchs, mit der Zeit schon lieben werde. Sie glaubte felsenfest, dass ihre Fantasie mit der Geburt zur Realität wird. *Das wurde sie nicht.*

Die Realität traf Angélique mit voller Wucht: Sie war *sichtbar, hörbar, riechbar, spürbar.* Sie lag auf ihrer Brust, in Form eines fleischlichen Bündels, das sich nicht zurück in ihre Fantasie verbannen ließ. Angélique liebte ihr Kind nicht. Daran bestand kein einziger Zweifel. Und so fiel es ihr von Tag zu Tag schwerer, ihre Gefühle vor Tom zu verbergen: Sie tat bezüglich der Kindesbetreuung nur das Nötigste. Sie konnte und wollte ihr Kind nicht stillen. Nur ein einziges Mal hatte sie es versucht, im Krankenhaus, direkt nach der Geburt. Marie brüllte dabei aus voller Inbrunst und wollte die Brust von Angélique nicht annehmen. Es war, als könnte der Säugling ahnen, dass seine Mutter es ablehnte. Angélique weigerte sich vehement gegen das Bitten und Betteln von Tom, es noch einmal zu versuchen. Stattdessen füllte sie die Milch in Fläschchen ab und es war meist Tom, der Marie damit versorgte. Er hatte sich zwei Monate Urlaub genommen, um Angélique in der ersten Zeit zu unterstützen.

Angélique lag tagsüber meist im Bett und gaukelte ihm vor, sie sei ausgelaugt und ausgezerrt von der Schwangerschaft und den Strapazen der Geburt. In den ersten zwei Wochen glaubte Tom noch, dass es sich um den berühmten »Baby Blues« handeln würde und Angélique tatsächlich nur Zeit brauchte, um sich zu erholen und an das neue Leben mit Kind zu gewöhnen. Doch von Woche zu Woche wurde es für ihn schwieriger, nachsichtig und geduldig mit Angélique zu sein. Ihre Teilnahmslosigkeit gegenüber Marie, machte ihm zunehmend zu schaffen. Die Art und Weise, wie Angélique ihr gemeinsames Kind anfasste und wickelte – lieblos und mechanisch – erschreckten ihn. Warum verhielt sie sich nur so? Warum wollte sie Marie nicht halten, sie nicht streicheln, sie nicht küssen? Er traute sich zwei volle Monate nicht Angélique diese Fragen zu stellen, zu sehr fürchtete er sich vor ihrer Antwort. Dann aber, eines

Tages, musste er einen wichtigen Termin wahrnehmen und so fiel Angélique die Pflicht zu, sich um Marie zu kümmern.

Schon im Treppenhaus hörte er seine Tochter lauthals schreien. Sofort ahnte Tom, dass etwas nicht stimmte. Er fuchtelte seinen Schlüsselbund aus seiner Hosentasche, schloss die Wohnungstür auf und rief augenblicklich nach Angélique. Doch ihn erreichte keine Antwort. Er ließ die Einkaufstüten auf den Boden plumpsen und raste ins Kinderzimmer, aus dem das Schreien kam. Auf dem Wickeltisch lag seine Tochter, mit nacktem Po auf einer ausgebreiteten Windel. Das Kind lag in seinem eigenen Kot. Behutsam nahm er Marie auf den Arm und legte das kleine Köpfchen vorsichtig zwischen Brust und Kinn. Immer wieder liebkoste Tom zärtlich die Stirn seiner Tochter und bewegte sich mit ihr auf und ab, sodass sich der Säugling langsam beruhigte. Während er Marie säuberte und wickelte, rief er mehrmals nach Angélique, doch es blieb still. Nachdem er Marie fertig angezogen und in die Wiege gelegt hatte, stürmte er ins Schlafzimmer.

Angélique lag auf dem Bett, eingemummelt in einer Decke und trug dicke Kopfhörer auf ihren Ohren. Ihre Augen waren geschlossen und ihr Kopf wippte im Takt mit dem Beat. Die Musik drang so laut durch die Kopfhörer, dass Tom diese deutlich hören konnte. Er schäumte vor Wut. All sein Ärger und seine Ohnmacht über Angéliques Verhalten gegenüber Marie brachen nun hervor. Er stürzte sich auf Angélique und riss ihr die Kopfhörer vom Kopf: »Was ist nur los mit dir? Was stimmt nicht mit dir?«, schmetterte Tom. Er saß mit gespreizten Beinen auf Angéliques Hüften, die unter ihm lag und ihn fassungslos anstarrte. Tom umgriff mit beiden Händen Angéliques Schultern und schüttelte sie, als wollte er die Antwort aus ihr herausschütteln. »Sag endlich! Was ist los mit dir? Ist dir denn alles scheißegal? Ist dir unser Kind egal? Was bist du für eine Mutter?«

Angélique brauchte einige Sekunden, bis sie begriff, was vor sich ging. Sie hatte Tom noch nie so erlebt. Seine Wangen waren puterrot, seine Augäpfel quollen aus den Augenhöhlen hervor, er schrie aus Leib und Seele auf sie ein. Sie sah die Verzweiflung in seinen Augen, die sich in all den Wochen seit Maries Geburt angestaut hatte. Sie verübelte es ihm nicht. Vielmehr trübte es Angélique, weil sie wusste, dass *sie* der Grund für seine Qualen war. Er liebte sie. Das wusste sie. Aber er liebte eben auch seine Tochter, die sie nur »*ES*« nannte, weil das Kind für sie nicht das ihre war.

»Was ist los mit dir? Antworte verdammt nochmal!!!« Irgendwann ließ Tom von Angélique ab, seine Stimme war vom Brüllen ganz heiser geworden. Er rutschte erschöpft von ihrem Körper und ließ sich neben das Bett auf den Rücken fallen. Ausgestreckt lag er da und vergrub sein Gesicht unter seinen Armen. Er weinte. Bitterlich. Angélique setzte sich auf. Sie wusste nicht, was sie sagen sollte. Sie wollte Tom umarmen, *ihren* Tom, den sie so sehr liebte. Aber in nur wenigen Wochen hatte sich eine Schwere zwischen sie und ihren Geliebten gelegt, eine Distanz, die Angélique nun wortlos blieben ließ. Es war, als wüsste sie nicht mehr, wie sie ihre Stimmbänder zu benutzen hatte.

Nach einigen Minuten wurde das Schluchzen von Tom endlich leiser und verstummte schließlich ganz. Er stand auf und setzte sich auf die Bettkante mit dem Rücken zu ihr. Er konnte sie nicht ansehen. Angélique dagegen fixierte Tom mit ihren Augen: Sie betrachtete sein volles tiefbraunes Haar, auf das er so stolz war und das er so gründlich pflegte. Sie liebte es, einige Strähnen davon durch ihre Finger zu zwirbeln, wenn er mit seinem Kopf auf ihrem Schoß lag. Sie betrachtete das Profil seines Gesichts. Ihr Blick fuhr über seine Schläfen zu seiner Nase. Von der Seite betrachtet, kam sie Angélique plötzlich viel größer vor als sonst. *Komisch, dass mir noch nie aufgefallen ist, wie groß Toms Nase ist*, grübelte sie. *Warum ist mir noch nie aufgefallen, was für einen Zinken er hat. Der Nasenrücken ist zwar gerade, aber die Nasenflügel sehen aus wie die Torbögen des Arc de Triomphe.*

Toms Stimme drängte sich plötzlich in ihre Gedanken: »Ich bringe Marie heute zu meinen Eltern. Ich schlafe auch dort. Morgen komme ich wieder. Dann erwarte ich eine Antwort von dir.« Er war wieder ganz ruhig, seine Stimme hatte sich gefestigt, aber er schaute Angélique nicht an. Ohne ein weiteres Wort verließ er das Zimmer.

MS786, MS786. Wieder und wieder wiederholte Angélique die Buchstaben in ihrem Kopf, während sie *ES* im Kinderwagen nach Hause schob.

Sie lief an der Bäckerei vorbei, in der sie so viele Jahre zusammen mit Tom sonntags ihre Brötchen gekauft hat: ein Dinkelbrötchen und ein Milchhörnchen für sie, zwei Kürbiskernbrötchen für Tom und manchmal auch ein Schokocroissant dazu, wenn er Appetit auf etwas Süßes hatte. Jeden Sonntag hatten sie das getan, fast neun Jahre lang. Es war ihr morgendliches Ritual gewesen, bevor sie ein ausgiebiges Frühstück in ihrem Wintergarten genossen und sich dabei gegenseitig aus der Zeitung vorlasen.

MS786, MS786. Sie lief an der Musikschule vorbei, aus der sie jeden Tag auf dem Nachhauseweg von der Arbeit die schiefen Töne von Geigen, Trompeten und Flügeln gehört hat und jedes Mal schmunzeln musste und froh war, dass sie nie ein Musikinstrument hatte erlernen müssen, schließlich hatte sie überhaupt kein Gefühl für Melodie und Noten. Trotzdem hatte sie sich gefreut, wenn sie die Schüler spielen hörte.

MS786, MS786. Angélique schloss die Haustür auf und stellte den Kinderwagen in der dafür vorgesehenen Ecke im Hausflur ab. Sie nahm *ES* aus dem Kinderwagen und legte *ES* auf ihre Schultern. *ES* fühlte sich schwer an. Sie schleppte sich die drei Stockwerke hinauf, streifte oben vor der Wohnung ihre Stiefel ab und öffnete die Eingangstür, die sie hinter sich ins Schloss fallen ließ. Sie ging geradewegs ins Kinderzimmer und legte *ES* in die Wiege. Sie befreite sich von der Last auf ihren Schultern.

ES wird mal einen vollen Schopf haben. Genau wie Tom, grübelte Angélique, als sie das Haar von ihrem Kind betrachtete. Sie wusste, dass es das letzte Mal sein wird, dass sie *ES* sieht. Sie war erleichtert. Erleichtert, weil sie kein schlechtes Gewissen mehr haben musste, dass sie ihre Tochter nicht liebt. Erleichtert, weil sie Tom, seiner Familie und ihren Freunden nicht mehr vorspielen musste, dass sie es täte. Erleichtert, weil sie wieder *sie* sein konnte.

MS786, MS786. Angélique erschrak, als ihr die Daten wieder durch den Kopf schossen. Sie musste los. Sie drehte sich um und verließ ohne einen Blick auf die Wiege den Raum.

Sie ging ins Schlafzimmer. Auf dem Nachttisch stand ein Bild von ihr und Tom – das erste gemeinsame Foto. Sie setzte sich auf die Bettkante und nahm das Bild in die Hände. Sie musterte das Pärchen auf dem Foto: *Wie jung und glücklich die beiden aussehen,* überlegte sie, *wie sie einander anstrahlen! Als gäbe es nur die zwei auf dieser Welt!* Die Personen, die sie betrachtete, waren Angélique fremd geworden, zwei Schauspieler auf dem Werbeplakat einer Schmonzette – nur ohne Happy End.

Sie stellte das Bild zurück auf den Nachttisch und blickte zum Boden. Erinnerungen an den Abend vor vier Monaten flogen durch ihren Geist, an jenen Abend als Tom vor Wut und Ohnmacht wimmernd vor ihr lag und sie kein einziges Wort herausbrachte. Auch nicht, als er am Morgen danach zurückkam, um mit ihr zu reden und die Antworten auf seine Fragen einzutreiben. Auch dann war sie stumm geblieben. Er hatte ihr schließlich ein Ultimatum gestellt: Entweder sie ließe sich in einer Klinik behandeln oder er würde sie verlassen. Sie ließ sich einweisen. Für zwölf Wochen machte Angélique eine stationäre Therapie, um eine postnatale Depression behandeln zu lassen, von der sie wusste, dass es keine postnatale Depression war. Zahlreiche Gespräche darüber, was sie fühlte, wenn sie ihr Kind ansah oder berührte; Gespräche, wie ihre eigene Kindheit gewesen war, wie die Beziehung zwischen ihr und Tom gewesen war und wie sich diese durch die Schwangerschaft und die Geburt verändert hatte. Gruppentherapien, in denen sie sich die Geschichten von anderen Patienten anhören musste und sich dabei fehl am Platz fühlte, schließlich war sie vollkommen in Ordnung. Sie hatte kein Problem. Das einzige Problem, das sie hatte, war ihre Tochter. Angélique machte alles bereitwillig mit und nahm ein Antidepressivum ein, das ihr die Ärzte verschrieben hatten. Sie fühlte sich schnell besser. Nicht aber, weil sie beginnen würde, ihre von Tom und den Ärzten vermutete Depression zu überwinden, sondern weil sie sich befreit fühlte. Sie konnte endlich aussprechen, dass sie ihr Kind nicht liebte. Sie konnte aussprechen, dass es ihr nach der Geburt vorkam, als hätte ihr jemand ein fremdes Kind aufgebürdet. Sie konnte aussprechen, dass sie ihrem eigenen Kind gegenüber nur Ablehnung und Ekel empfand. Angélique fühlte sich befreit: Sie akzeptierte, dass ihre Beziehung mit Tom, den einzigen Menschen, den sie je geliebt hatte, und der sie je geliebt hatte, zu Ende war. Zu Ende, weil sie sein Kind nicht liebte. Natürlich war es nicht das, was die Ärzte erreichen wollten. Diese glaubten nach wie vor Angélique sei krank und rieten ihr im Anschluss an den stationären Aufenthalt zu einer speziellen Mutter-Kind-Therapie. Doch Angélique wusste, dass die Ärzte bei ihr einen Fehler gemacht hatten. Sie wusste, dass sie nicht krank war. Mit jeder Faser ihres Körpers wusste sie, dass sie ihr Kind nicht liebte. Ihr Kind, das sie nur »*ES*« nannte.

MS786, MS786. Angélique erhob sich von der Bettkante und ging zielstrebig zur Kommode. Sie zog die oberste Schublade auf und nahm ihren Reisepass heraus. Sie klappte ihn auf und kontrollierte das Ticket, das in der Mitte der Seiten lag: MS786, Platz B7, Terminal 1, 15:10 Uhr – *die Daten der Freiheit.*

Ein schrilles Klingeln ließ sie zusammenzucken. Sie rannte in den Flur und verstaute den Reisepass in ihrer Handtasche. Ohne den Hörer der Sprechanlage abzunehmen, drückte sie auf den Knopf und hörte das Brummen, das die Haustür entriegelte. Sie öffnete die Wohnungstür und ließ diese einen Spalt angelehnt. Eilig lief sie zurück ins Schlafzimmer und holte einen Brief aus der obersten Schublade der Kommode. Sie zeichnete mit ihrem rechten Zeigefinger die Buchstaben nach, die auf dem Umschlag geschrieben standen: T, O, M. Sie hielt einen kurzen Moment inne und wischte sich die Tränen aus dem Gesicht. *Es gibt kein Zurück.* Sie legte den Brief auf Toms Bettseite und ging in den Flur, wo eine dickliche Frau gerade ihren Mantel an die Garderobe hing und außer Atem »Hallo Frau Arendt!« schnaufte. »Hallo Frau Koch… Das Kind schläft noch. Sie können sich gerne am Kühlschrank bedienen. Es ist noch Auflauf da…«

Angélique zog sich ihre Jacke über, schlüpfte in ihre Lieblingssneaker und hängte ihre Handtasche um ihre Schultern. »Danke Frau Arendt. Wir sehen uns wie immer um 6?«

Angélique nickte nur, trat in den Hausflur und zog die Tür hinter sich zu. Sie atmete tief ein. *MS786.*

Z W E I

Lieber Tom,

ich habe nicht die Courage dir in die Augen zu
schauen und dir zu sagen, dass ich dich ver-
lasse.
Du bist der einzige Mensch, der mir je etwas bedeutet hat und ich liebe dich, aber ich kann
nicht mehr so tun, als ob ich mich ans Mutter-
sein gewöhnen könnte. Ich liebe Marie nicht.
Und ich werde dieses Kind nie lieben. Nichts in
der Welt könnte das ändern.
Ich weiß, wie sehr dich diese Worte schmerzen
werden, und dass du mich dafür hassen wirst.
Aber es ist die Wahrheit.

Ich hoffe, du kannst mir irgendwann verzeihen.

Angélique

Aaron legte den Brief zur Seite. Er schwieg. Er wusste nicht, was er sagen soll, was er sagen könnte. Wie könnte er das Mädchen trösten? *Das* Mädchen, das sich in der vierten Klasse schützend vor ihn gestellt hat, als sich die anderen Schüler wegen seiner karierten Schiebermütze über ihn lustig gemacht haben. *Das* Mädchen, das ihm beigebracht hat, Schmetterlinge zu fangen, nur um sie kurz darauf wieder fliegen zu lassen. *Das* Mädchen, das den so klangvollen Namen *Marie* trägt.

Marie saß mit angewinkelten Beinen neben ihm, ihre Arme umschlangen ihre Knie, als wolle sie sich selbst halten. Tränen kullerten über ihre Wangen.

»Was hat denn dein Vater dazu gesagt?«, brach Aaron das Schweigen.

»Nichts!«, fauchte Marie.

»Du hast ihm also noch nichts von dem Brief erzählt?«

»Was soll das bringen? Er wird doch nur wieder wütend und irgendwelche scheiß Ausreden erfinden. So wie er es immer getan hat. Ich hasse ihn!«

Marie fing an zu schluchzen und vergrub ihr Gesicht in ihren Händen. Als Aaron über ihren Kopf streicheln wollte, drehte sie sich von ihm weg. Sie konnte seine Nähe nicht ertragen, seine Zuneigung, sein Verständnis. Für eine Weile saßen sie nur so da; er still, sie weinend.

Schließlich hob Marie ihren Kopf und blickte Aaron an. Ihre Augen waren verquollen, ihre Stimme zitterte: »Sie hat mich verlassen, Aaron… Sie ist nicht bei meiner

Geburt gestorben, wie Papa immer behauptet hat. Sie hat mich verlassen… VERLASSEN!«

»Du musst mit deinem Vater sprechen, Marie! Du musst einfach… Es wird sicher eine Erklärung geben…«

»Welche Erklärung soll es dafür geben? Meine Mutter ist abgehauen, Aaron. AB-GE-HAU-EN. Was daran kapierst du nicht? Und mein Vater hat mich zwanzig Jahre lang belogen. Jeden beschissenen, einzelnen Tag. Dafür gibt es keine Erklärung!«

Marie riss den Brief ihrer Mutter an sich und stürmte wutentbrannt los. »Marie, warte! Ich… Es tut mir leid!«, rief Aaron ihr hinterher. Doch Marie wollte nicht warten. Sie wollte weg. Weg von Aaron, weg von allem. Passanten starrten sie an, schauten ihr nach, sich fragend, was dem Mädchen wohl widerfahren sei, das sie da weinend durch den Park rennen sahen. Erst, als Marie die Pforte des Walles passiert und um die Ecke gebogen war, machte sie Halt. Sie lehnte sich an die Mauer, die einst die prunken Schlösser der Adligen beschützt hat, und an der nun sie Schutz suchte. Sie rutschte langsam an dem modrigen Gemäuer herab auf ihren Hintern. Die Kühle des schweren Gesteins, das sie an ihrem Rücken spürte, ließ sie allmählich zur Ruhe kommen. Sie fuchtelte eine Packung Marlboro aus ihrer Tasche und zündete sich eine Zigarette an. Sie atmete tief ein und aus. Sie schaute sich den Qualm an, den sie hinausblies und beobachtete, wie sich der graue Schleier in der Luft auflöste. Sie wünschte, dass sie der Rauch wäre; sie wünschte, dass

der Erdboden sie vom einen auf den anderen Moment
verschluckt.

Ihr Blick fiel auf eine Familie, die auf der anderen Straßenseite in einem Café saß: Vater, Mutter, Tochter, Sohn. Aus der Ferne musterte sie die Gestalten. Das Mädchen musste ungefähr in ihrem Alter sein, der Bub war vielleicht so um die dreizehn. Die Eltern schienen ebenfalls recht jung, wahrscheinlich hatten sie sich schon in der Schule kennengelernt und kurz nach dem Abschluss ihr erstes Kind bekommen.

Marie atmete das Nikotin der Zigarette tief ein und aus. Sie malte sich das Leben der Familie aus, die sie aus der Ferne beobachtete:

Die »Meiers« wohnen in einem kleinen Reihenhaus in einem Vorort Frankfurts, mit einem gepflegten Garten, auf dessen Terrasse sich die Familie im Sommer jeden Sonntag zum Familienessen trifft. Der Vater – »Bernd« – ist Versicherungsmakler. In seiner Freizeit geht er gern angeln oder bastelt an seinem alten Motorrad, das er einst von seinem Opa zum Schulabschluss geschenkt bekommen hat. Die Wochenenden verbringt er am liebsten mit seiner Familie: gemeinsame Ausflüge in die Natur, Steaks und Bratwürste grillen im Garten, Spieleabende vor dem Fernseher im Wohnzimmer. Bernd ist Familienmensch durch und durch. Genau wie seine Frau: »Sabine« ist gelernte Apothekenhelferin und geht ihrem Beruf seit der Geburt ihrer Kinder nur noch halbtags nach, schließlich war es ihr fortan wichtiger, dass ihre Kinder immer eine warme Mahlzeit auf dem Tisch haben, wenn sie von der Schule nach Hause kommen. Auch den Haushalt erledigt sie, wenngleich sie darauf achtet, dass auch ihre Kinder und ihr Mann einen angemessenen Teil beitragen. Sabine hat ein besonders inniges Verhältnis zu ihrer Tochter »Mareike«, die nach ihrem Abitur von zuhause ausgezogen ist, um in Frankfurt eine Ausbildung zur Krankenschwester zu beginnen. Und obwohl es Sabine mit Stolz erfüllt, dass ihre Tochter einen so ehrenwerten Beruf ergriffen hat, vermisst sie ihre »Große« schrecklich und besteht darauf, dass Mareike entweder sonntags zum Familienessen nach Hause kommt oder die Familie sie in Frankfurt besucht. Dann holen sie Mareike mit ihrem VW Kombi um Punkt zwölf am Schwesternwohnheim ab und gehen zum nahegelegenen »Frankfurter Spitzbuben«, wo es Sauerbraten mit Klößen und Rotkohl gibt – Mareikes Leibgericht. Danach gehen sie gewöhnlich am Main spazieren oder flanieren durch die Innenstadt. Zum Abschluss gönnt sich die Familie bei Kaffee und Kakao ein Stück Apfelkuchen in Mareikes Lieblingscafé. Dort reden sie über die anstehenden Aufgaben der kommenden Woche, lachen über alltägliche Begegnungen des Lebens und tauschen immer wieder Zärtlichkeiten miteinander aus: eine tröstende Umarmung zwischen Mutter und Tochter, ein sanftes Streicheln des Vaters über die Haare seiner Tochter, ein gegenseitiges in die Hüfte kneifen von Bruder und Schwester. Eine Familie, die miteinander lacht und weint, die sich liebt und neckt. *Eine stinknormale Familie.* Was gäbe Marie dafür, dass *sie* das Mädchen an dem Tisch auf der gegenüberliegenden Straßenseite sei, dass *sie* es wäre, die umarmt und liebkost wird. Was gäbe sie dafür, *die Tochter der Mutter zu sein.*

Ein heißes Brennen in ihrer Kehle holte Marie zurück in die Realität. Die Zigarette war bis zum Ende heruntergebrannt. Sie drückte sie aus und schnippte den Stummel weit von sich weg – zusammen mit dem Bild der Familie auf der gegenüberliegenden Seite der Straße.

Sie dachte an ihren Vater: *Wie konnte er mir das antun? Warum? Wieso hat er mich jahrelang belogen? Warum hat er zugelassen, dass ich Mama vergöttere, obwohl sie mich nicht wollte? War er deswegen immer so kalt zu mir? Liebt er mich deswegen nicht?*

»Liebst du mich deswegen nicht?«, brach es aus ihr heraus. Explosionsartig schoss ein Schwall von Magensäure ihre Speiseröhre hoch, dessen glibberige Konsistenz sich neben ihr ergoss. In ihrem Rachen loderte es. Sie zog die restliche Rotze hoch und spuckte sie in die gelbe Pampe, die neben ihr auf dem Rasen lag. Ihr Brustkorb zog sich zu, ihre Gesichtsmuskeln spannten sich an, zwischen ihren Augen bildete sich ein tiefes »V«. Sie raffte sich vom Boden hoch und angelte ihren Kalender aus der Tasche. »Wo bist du?« Das Papier peitschte unter ihren tobenden Fingern. Seite um Seite gruben sie sich ihren Weg. »Da bist du!« *Anwaltskongress Frankfurt / Papa*

Rede stand in schlampiger Schrift neben dem Datum notiert. Sie schlug das Buch zu und rannte los.

DREI

»Ihr Gesprächspartner ist im Moment nicht zu erreichen. Bitte versuchen Sie es später noch einmal.« Aaron fuhr sich wieder und wieder durch seine Haare. Er geisterte in seinem Zimmer auf und ab, als würde er vor einem Gerichtssaal auf die Verkündung eines Urteils warten.

»Verflixt, warum bin ich ihr nicht hinterhergelaufen?«, stieß er laut aus, »Ich Idiot!« Er wählte erneut Maries Nummer. »Ihr Gesprächspartner ist…« »Verdammt!« Mit einem Ruck landete das Handy auf seinem Bett und hinterließ eine Beule auf der gefalteten Bettdecke. Aaron ließ sich auf seinen Schreibtischstuhl sinken und drehte sich im Kreis. Seine Gedanken spielten Ping Pong. Wo sie jetzt wohl ist? Was sie jetzt wohl macht? Ob sie sich wieder betrinkt und mit fremden Typen ins Bett steigt und er sie dann wieder mitten in der Nacht abholen muss? Ruckartig bremste er den Stuhl mit seinen Füßen am Boden ab, schob sich zu seinem Schreibtisch und wendete sich dem Buch zu, das dort aufgeklappt lag: *Fallsammlung zu Kriminologie, Jugendstrafrecht, Strafvollzug.* Er

29

schnappte sich einen Füller und setzte zum Schreiben an: Die feine Spitze der Feder bohrte sich in das weiße Papier, sie spreizte sich unter dem Druck, den der Halter auf sie ausübte. Die Feder drückte eine immer tiefere Kerbe ins Papier, die schwarze Tinte pauste sich durchs Blatt. Kein Buchstabe vermochte es, den Füller zu verlassen, Aarons Hand ruhte still wie eine Statue. Als das Papier unter der Feder zersprang, ließ er sie resigniert aus der Hand gleiten.

Sein Blick wanderte zu dem Bild, das oberhalb seines Schreibtischs an der Wand hing, eingefasst in einem selbst gebastelten Rahmen, verziert mit getrockneten Gänseblümchen. Er musterte das Foto darin: Ein Mädchen und ein Junge stehen vor Bäumen in einem Garten. Das Mädchen trägt eine blaue Latzhose, die an den Knien eingerissen ist. Darunter blitzt ein rotes T-Shirt hervor, das mit pinken Querstreifen bedruckt ist. Die kastanienbraunen Haare sind zu einem lockeren Schopf gebunden. Neben ihr steht ein für sein Alter zu klein geratener Knabe in einem Ensemble aus khakifarbenen Shorts und khakifarbenem Hemd. Seine Haare sind sorgfältig gescheitelt. Der Junge hat seine Augen auf das Mädchen gerichtet, das ihn um einen halben Kopf überragt. Ein Staunen sticht aus seinem Gesicht. Das Mädchen blickt kess wie eine junge Shirley Temple in die Kamera und stemmt dabei eine gusseiserne Schüssel hoch. Sie präsentiert voller Stolz ihr Werk.

Aaron schloss seine Augen und rief sich den Abend in Erinnerung, an dem Marie ihm das Bild übergeben hat:

Es war sein neunzehnter Geburtstag. Marie war zu dem Fest, das Aarons Eltern für ihn ausgerichtet hatten, nicht gekommen. Aaron hatte ihr zahlreiche Nachrichten geschrieben, die alle unbeantwortet blieben. *Warum ist sie nicht gekommen*, zermarterte sich Aaron den Kopf, als er nach der Feier hellwach in seinem Bett lag. Er starrte an die Decke, das Laken klebte an seinem Körper, Perlen aus Schweiß rollten über seine Stirn. Plötzlich hörte er ein Klopfen. Erschrocken fuhr er hoch, seine Finger tasteten nach der Nachttischlampe.

»Happy Birthdaaaay!« Vor dem geöffneten Fenster stand Marie, ein breites Grinsen im Gesicht. »Darf ich reinkommen?«

Sie kraxelte, ohne auf eine Antwort zu warten, über das Fensterbrett und wedelte triumphierend mit einer Flasche Sekt. »Ich hab dir was mitgebracht…«

Aaron schnappte sich seinen Wecker: 02:24 Uhr. »Weißt du eigentlich, wie spät es ist?«

Marie tat so, als hätte sie die Frage nicht gehört und stöckelte zu Aarons Schreibtisch. Sie stellte die Flasche ab, streifte die High-Heels von ihren Füßen und stellte das Radio an. »Wir brauchen Musik!« Sie zappte durch die Sender, hielt an, wenn sie ein Lied vernahm, und stellte weiter, wenn es nicht das war, wonach sie suchte.

Aaron saß kerzengerade in seinem Bett und prüfte Maries Erscheinung wie ein Löwe seine Beute: Ihr langes, volles Haar war wie immer zu einem Zopf gebunden, einige Strähnen hingen zerzaust hinaus. Die schwarze Farbe, mit der sie ihre Augen kräftig umrandet hatte, war verschmiert. Eine Mixtur aus Tränen und Wimperntusche hatte eine klebrige Spur hinterlassen, die sich vom Lidrand bis zu den Wangenknochen schlängelte. Ihr Mund leuchtete in einem Scharlachrot, das weit über die Konturen ihrer schmalen Lippen verwischt war. Unter ihrer neon-gelben Bluse, die nur knapp über ihrem Hintern endete, schimmerten die Konturen ihrer Unterwäsche. Die Knopfreihe war falsch zugeknöpft, der untere Zipfel der Bluse hing schief hinunter. Sie hatte es eilig gehabt. Aaron wusste, warum.

»Aha!«, rief Marie, als sie Annie Lennox' Stimme vernahm. Sie fing an, ihre Hüften von rechts nach links zu kreisen. »Tell me, whyyyy«, stimmte Marie in den Refrain ein, als sie in Aarons Richtung tänzelte und sich am Bettende seitlings auf die Matratze fallen ließ.

»Ich liebe die Achtziger…« Sie schloss ihre Augen und wippte ihren Kopf im Einklang mit der Melodie hin und her.

Aaron sagte nichts. Er schaute Marie nur an, wie sie da lag, auf seinem Bett, ihm vorspielend, es sei alles in Ordnung, als hätte sie seinen Geburtstag nicht verpasst, als hätte sie nicht gerade wieder mit irgendeinem Typen geschlafen, von dem sie wahrscheinlich nicht einmal mehr den Namen kannte.

»Eyyy, jetzt sag endlich mal was!«, rief Marie und kniff Aaron dabei fordernd in die Waden.

»Was willst du von mir hören?«, zischte Aaron und sprang mit einem Satz aus dem Bett, »Du tauchst hier um zwei Uhr morgens auf und tust so, als wär nichts! Wo warst du?«

»Jetzt beruhig dich mal. Ich wusste nicht, dass dir das so wichtig ist…«

»Willst du mich veräppeln? Du wusstest nicht, du wusstest nicht… Verdammt nochmal, Marie!«

Er schlug sich ungläubig mit den Händen auf die Oberschenkel, marschierte zum Fenster und beugte sich hinaus. Die kühle Luft trocknete nicht nur das Salz auf seiner Haut, sie beruhigte auch seinen Verstand. Aaron blickte in das Mondgesicht, das ihn vom tiefschwarzen Himmel anglotzte. Nach einer Weile fühlte er eine Hand auf seinem Schulterblatt. Marie fuhr vorsichtig mit ihren Fingern über seinen Rücken.

»Es tut mir leid! Ich… ich konnte einfach nicht…«, flüsterte sie.

Aaron drehte sich um. Marie stand dicht vor ihm und fixierte ihn mit ihrem Blick. Dieser *eine* Blick, der ihm ihre Seele offenbarte. Er schaute in Maries Augen, in ihre saphirblaue Iris, die Maserung gesprenkelt wie eine Galaxie. Seine Daumen und Zeigfinger rieben aneinander, sein Herz trommelte gegen seinen Brustkorb. Er lehnte seinen Kopf vor, seine Nase berührte beinahe die ihre, ihr Atem streifte den seinen.

Klock, klock, klock. Aaron zuckte zusammen. »Aaron, es ist halb drei durch, mach bitte die Musik leiser«, rief seine Mutter durch die geschlossene Zimmertür. Aaron hetzte zum Radio und drehte den Lautstärkeregler zügig nach unten. »Sorry, Mama!« Für einen Moment schien seine Mutter innezuhalten, als wolle sie horchen, was auf der anderen Seite vor sich ging. Aaron machte keinen Mucks. Erst, als er die leiser werdenden Schritte seiner Mutter hörte, wendete er sich wieder Marie zu, die anfing, zu lachen. Sie presste sich beide Hände vor ihren Mund, doch ihr Prusten hallte deutlich hindurch.

Aaron liebte Maries Lachen. Es war weder zu schrill noch zu schal. Es war ein melodisches Kringeln aus sanften H's, die ihn jedes Mal selbst unweigerlich zum Lachen brachten.

»Pschschscht…«, gluckste er und hielt sich den Zeigefinger vor die Lippen, bis ihr beider Lachen allmählich abebbte.

»Also? Was hast du Schönes bekommen, du verwöhntes Einzelkind?«

»Einiges, Mademoiselle selbst-verwöhntes-Einzelkind«, entgegnete Aaron in einem hochgestochenen Tonfall und ahmte dabei die Bewegungen eines Butlers nach, der sich vor seinem Dienstherrn verbeugt.

»Jetzt sag endlich!«, beharrte Marie.

»Ach, du weißt doch, dass ich mir aus Dingen nichts mache.«

»Komm schon!«

»Eine Sprachreise nach Rom, Geld, ein paar Bücher. Nichts Besonderes eben…«

»Das ist natürlich wirklich nichts Besonderes. Aber du hast ja Gott sei Dank mich«, entgegnete Marie ironisch und holte ein in Alufolie verpacktes Geschenk aus ihrer Tasche.

»Hier!« Sie warf es in Aarons Richtung, der es nur mit Mühe auffing. Er schälte das silberne Papier behutsam herunter. Zum Vorschein kam ein Bilderrahmen, auf dem dutzende getrocknete Gänseblümchen aufgeklebt waren. In ihm war das Bild, das Aarons Mutter von ihm und Marie gemacht hatte, als er Marie das erste Mal nach der Schule mit nach Hause gebracht hatte.

Aaron betrachtete das Foto. Ein dicker Kloß wuchs in seinem Hals. Er dachte daran, wie er Marie seit jener Zeit beinahe jeden Tag gesehen hatte, und was jetzt wohl werden würde, da er studieren und sie ein freiwilliges soziales Jahr machen würde. Wen würde sie kennenlernen? Würde sie sich verlieben? Hätte er seine Chance endgültig vertan?

»Hey! Du sollst dich freuen, nicht heulen, du Sensibelchen«, protestierte Marie.

»Ich heule gar nicht«, sagte Aaron, als er seine Augen zusammenkniff, um den nahenden Tränenfluss zu unterdrücken. Er schluckte den Kloß der Ungewissheit hinunter.

»Wo hast du das denn her?«

»Von deiner Mom. Ich war letzte Woche bei ihr und habe mir die Fotoalben von Klein-Aaron angeschaut. Mein Gott, deine Eltern können ja ein Museum zu deinen Ehren eröffnen!«, scherzte Marie, während sie zum Bett ging und sich unter die Decke kuschelte.

Aaron stellte den Bilderrahmen auf seinen Schreibtisch, knipste die Nachttischlampe aus und legte sich neben Marie.

»Was wird jetzt aus uns?«, seufzte er.

»Was meinst du damit?«

»Ich meine… Naja… Seit dem Tag auf dem Foto haben wir uns jeden Tag gesehen. Aber jetzt…« Aaron zögerte.

»Was jetzt?«, gähnte Marie.

»Also, im Herbst studiere ich und du nicht. Ich... ich meine, was… was wird jetzt aus uns?«, stotterte Aaron.

Marie erwiderte einen Moment nichts, dann rutschte sie zu ihm rüber, nahm seinen Arm, fädelte ihn um sich und schmiegte sich an ihn. Aaron atmete tief ein und aus, Maries Kopf bewegte sich mit dem Rhythmus seiner Brust.

»Weißt du, warum ich das Bild ausgewählt habe, Aaron?« Sie ließ ihm keine Sekunde zu antworten: »Weil es mich an die schönste Zeit in meinem Leben erinnert, als wir noch Gänseblümchensuppe gekocht haben und die Welt noch in Ordnung war!« Marie drückte sich fest an ihn und ihr Atmen ging unmittelbar in ein leises Schnarchen über. *Ja,* dachte Aaron, *da war die Welt noch in Ordnung – als wir noch Gänseblümchensuppe gekocht haben.*

VIER

Durch den Saal rauschte ein ohrenbetäubender Applaus. Er galt dem Mann, der auf dem Podium stand. Seine dunkelblaue Krawatte, die um sein schneeweißes Hemd gebunden war, war farblich exakt auf seinen dunkelblauen Anzug abgestimmt. Sein volles tiefbraunes Haar, durch das sich einige graue Strähnen schlängelten, war nach hinten gegelt. Auf seiner mächtigen Nase thronte eine randlose Brille.

Der Mann nickte der klatschenden Menge zu, stieg von der Tribüne und bahnte sich seinen Weg durch die Stuhlreihen, vorbei an zahlreichen Händen, die sich ihm zustreckten, als wäre er der König von England, und von denen er nur einige mit einem kurzen, festen Druck beglückte. Am Ausgang des Saals blieb der Mann plötzlich stehen: »Marie!« Die Überraschung stand ihm ins Gesicht geschrieben.

»Hallo, Papa!«, antwortete Marie spitz.

»Was machst du hier?«, fragte Tom irritiert.

»Ich…«

»Eine sehr interessante Sichtweise auf die Einführung eines in Europa homogenen Strafrechtssystems, Herr Prof. Weber«, unterbrach ein junger Mann Marie und schob sich vor sie.

»What the fuck«, zischte Marie, »Sehen Sie nicht, dass ich mit meinem Vater spreche?« Der Mann drehte sich erschrocken um. Noch bevor er etwas sagen konnte, packte Tom Marie am Ellenbogen und zerrte sie ins Foyer in eine abgelegene Ecke.

»Herr Gott, Marie«, herrschte Tom sie an, »Bist du von allen guten Geistern verlassen?« Die Scham hatte ihm ein Dutzend rote Flecken ins Gesicht getrieben.

»Ich weiß alles, Papa, ALLES!« Tom schaute sie ungläubig an. Er schwellte seine Brust und zog seine linke Augenbraue hoch: »Ich verstehe nicht…«

Marie zog einen knittrigen Briefumschlag aus ihrer Tasche und streckte ihn Tom entgegen. Tom drehte den Umschlag um und sah drei große Letter: T, O, M.

Augenblicklich verwandelte sich die Röte auf seinen Wangen in eine kränkliche Blässe. Er trat einen Schritt zurück und sackte zusammen, seine Arme auf seine Knie stützend, den Brief in seiner rechten Hand, wohlwissend, dass er seiner Tochter eine Erklärung schuldet – eine Erklärung, von der er gehofft hatte, dass er sie ihr nie geben müsse.

Marie fing an zu schluchzen. Sie hatte sich auf dem Weg zu Tom geschworen, dass sie nicht weinen würde. Dass sie ihrem Vater keine Gelegenheit geben würde, sie als hysterisch zu bezeichnen, wie er es in den letzten Jahren so oft getan hatte, wenn sie ihm ihre Gefühle offenbarte; wenn sie ihm vorwarf, dass er sich nicht um sie scherte, dass er sie nicht liebte. Doch jetzt, da er vor ihr stand, gab es kein Halten mehr. Ihre Tränen brachen sich ungebremst ihren Weg wie tausend Tonnen Wasser einen Damm.

Nach ein paar Sekunden richtete Tom sich auf und übergab den Brief zurück an Marie: »Hier ist weder der richtige Ort noch der richtige Zeitpunkt dafür.« Wie in Trance nahm Marie den Umschlag an. Sie brauchte einen Moment, um die Buchstaben, die aus Toms Mund wanderten, in die richtige Reihenfolge zu sortieren, ihren Zusammenhang zu begreifen.

»Was… was sagst du?«, entgegnete sie mit brüchiger Stimme.

»Du hast mich verstanden! Wir besprechen das Zuhause!«

Tom zog sein Revers glatt und schritt erhobenen Hauptes zurück ins Foyer, in dem sich mittlerweile zahlreiche Anwälte zum Small-Talk versammelt hatten.

»Wenn du jetzt abhaust, dann bringe ich mich um… Ich bringe mich um, Papa!«

Die Menschen drehten sich um. Das Kreischen Maries riss sie aus ihren Gesprächen. Zahlreiche Augen richteten sich auf den berühmten Menschenrechtsanwalt Prof. Dr. Weber und auf das unbekannte, in Tränen aufgelöste Mädchen, das ihn wie von Sinnen anschrie.

Tom schubste Marie zurück in die Ecke, weg von den gaffenden Blicken des Publikums.

»Beruhige dich gefälligst und hör auf so einen Unsinn zu reden. Du hast wohl vollkommen den Verstand verloren!«, sagte er scharf.

»Du hast mich mein Leben lang belogen… Mein ganzes Leben ist eine Lüge… Mama wollte mich nicht!«

Tom erwiderte nichts – er wusste, dass sie Recht hat.

»Warum, Papa? Warum? Warum hast du mir das all die Jahre verschwiegen?«

Tom kehrte Marie den Rücken und blickte aus dem Fenster. Er blickte auf die Menschen, die an dem Gebäude vorbeieilten wie die Bilder in seinem Kopf, von dem Tag, als er den Brief von Angélique auf seinem Bett gefunden hatte.

»Was hätte ich dir sagen sollen, Marie? Dass deine Mutter uns nicht wollte? Dass sie uns verlassen hat?« Toms Stimme klang matt, sie schien Marie beinahe gleichgültig.

»Sie hat *mich* verlassen, Papa, MICH! Nicht dich… dich hat sie geliebt, nur mich nicht…«

Tom schwieg – er wusste, dass sie Recht hatte.

»Warum hast du mir nicht einfach die Wahrheit gesagt? Jahrelang dachte ich, Mama…«, Marie stockte, »meine *Mutter* sei eine Heilige. Jahrelang habe ich mir ausgemalt, wie ein Leben mit ihr geworden wäre, wie *ich* geworden wäre.«

»Deine Mutter war schwer depressiv«, fiel Tom Marie ins Wort, ohne sie dabei anzusehen. »Das musst du verstehen. Sie lag wochenlang nur im Bett… Sie ist nicht mehr aufgestanden, hat nichts mehr gegessen. Ich habe alles unternommen, damit es ihr besser geht… ALLES! Sie war sogar drei Monate in der Psychiatrie. Monatelang hat deine Mutter mir ein Schauspiel vorgemacht… hat so getan, als wäre alles in Ordnung. Doch dann war sie plötzlich weg. Sie hat uns aus ihrem Leben ausradiert. Du warst gerade mal ein halbes Jahr alt, Marie… ein halbes Jahr! An diesem Tag ist deine Mutter für mich gestorben. Für uns beide!«

Marie beobachtete ihren Vater, wie er aus dem Fenster starrte. Sie fragte sich, ob die Tränen, die sie bei ihm aufkommen sah, wohl ihr oder ihrer Mutter galten.

Marie atmete tief ein, ihre Stimme zitterte: »Liebst du mich deswegen nicht? Weil ich dich zu sehr an sie erinnere?«

Tom erwiderte nichts. In seinen Augenwinkeln erhaschte er die verängstigten Blicke seiner Tochter. *Wie sehr du dich irrst,* dachte er. Doch die Worte wollten nicht über seine Lippen.

»Liebst du mich deswegen nicht?«

Stille.

»Das ist es also«, murmelte Marie. Ihr Magen verkrampfte sich. *Das ist es also.* Ihre Beine wurden weich, sie wankte. Sie musste sich an die Fensterfront lehnen, um nicht den Boden unter den Füßen zu verlieren. Sie presste ihre Stirn auf die kühle Scheibe. *Das ist es also.* Sie wiederholte die Worte wieder und wieder. *Das ist es also, das ist es also!* Ausschnitte aus ihrer Kindheit blitzten vor ihren Augen auf: Wie sie einst bei ihrem Vater im Bett geschlafen und ihre klitzekleinen Füßchen an seine Oberschenkel gepresst hat, um sich zu wärmen. Wie er ihr das 1x1 beigebracht und ihr schon mit fünf das Ski fahren gelehrt hat. Wie er auf ihr Knie gepustet hat, wenn sie gestürzt ist, und gesagt hat, »den Schmerz pusten wir jetzt ganz schnell weg!« Sie dachte an ihre Pubertät, in der sich alles abrupt zu verändern begann, als sie plötzlich nicht mehr sein »Mariechen« war und er sie nicht mehr in seine Arme nahm. Sie dachte daran, wie enttäuscht er war, als sie mit dreizehn die Klasse wiederholen musste. Wie er sie tagelang ignorierte, wenn sie betrunken nach Hause kam. Und wie er ihr vorwarf, sie würde ihre Zeit verschwenden, als sie ihr Abitur abbrach, um stattdessen ein freiwilliges soziales Jahr zu machen.

Das ist es also. Marie knüllte den Brief zusammen und warf ihn vor Toms Füße, die sich keinen einzigen Zentimeter bewegten. Sie rempelte sich durch die Menschen im Foyer, hinaus in den strömenden Regen, der den durch die Sommerhitze glühenden Asphalt unter ihren Sohlen dampfen ließ. Tom blickte ihr nicht nach. Er schaute auf dutzende bunte Regenschirme, die ihre Besitzer vor den dicken Tropfen schützten, die vom Himmel fielen. Vom Himmel, der dunkel geworden war – dunkel von einem aufziehenden Sturm.

F Ü N F

Die blauen Pillen, die eine Hand ihr entgegenstreckte, lachten sie an. »Komm schon, Baby. Damit geht's dir gleich besser«, flüsterte der Typ, den sie erst vor ein paar Minuten an der Bar kennengelernt hatte, und an dessen Namen sie sich schon nicht mehr erinnern konnte. Marie nahm eine der Pillen zwischen Daumen und Zeigefinger und betrachtete sie: S, S, K, K, Y, Y… Die Buchstaben, die auf der Pille eingestanzt waren, kreisten vor ihrem Gesicht. Sie kniff ein Auge zu, damit sich die Letter zu einem Wort formen konnten: SKY!

Ja, ich will in den Himmel, dachte Marie und warf sich die Pille in den Mund, einen großen Schluck Gin-Tonic hinterher. In den Wellen des Alkohols schwamm die Tablette Maries Speiseröhre hinunter, gepaart mit einem Gefühl der Erlösung. Gleich darauf ertönte ein grelles Lachen. Es war der Typ, der dicht neben ihr an der Wand lehnte und sie an seinen nackten, mit Muskeln gestählten Oberkörper zog, dessen Brust zwei tätowierte Wolfsköpfe zierte. Über seine vergilbten Zähne hinweg sah sie, wie sein Gaumenzäpfchen vibrierte. Es kam ihr vor, als würde es im Takt mit seinem schrillen Lachen tanzen.

»In ein paar Minuten kannst du auch wieder lachen, Süße!« Ein feuchter Kuss landete auf ihrer Stirn. Marie schaukelte den leeren Becher in ihrer Hand: »Ich brauche Nachschub«, sagte sie, griff den Arm von dem Typ, und bahnte sich ihren Weg durch die Menge zur Bar, wo sie zwei Tequila bestellte. Sie leckte sich übers linke Handgelenk und streute kräftig Salz auf die nasse Stelle. Ungefragt fuhr sie anschließend mit ihrer Zunge über den Handrücken des Typen und gab einen Schuss Salz auf die klebrige Spur, die sie hinterlassen hatte.

»Lass uns anstoßen«, grölte Marie und reckte ihr Schnapsglas in die Höhe: »Auf das Leben… das einen immer wieder fickt!« Die Gläser prallten aneinander, Marie ließ ihre Zunge über das Salz gleiten, warf ihren Kopf in den Nacken und kippte den Tequila in ihren Rachen. BÄM! Sie knallte das Glas auf die Theke und biss in eine Zitronenhälfte. Ein Kribbeln fuhr über ihre Lippen, ihre Körperhärchen stellten sich auf wie tausend stramm stehende Soldaten. Sie deutete mit ihrem Finger auf das leere Glas, dem Kellner signalisierend, dass sie noch zwei weitere Shots bestellen will. Dieser füllte umgehend nach und Marie wiederholte das ganze Ritual.

»Du kannst ja ganz schön was ab«, rief der Typ und machte eine anerkennende Kopfbewegung. Marie erwiderte nichts. Sie stützte sich mit ihren Ellenbogen auf dem Tresen ab, den Rücken an die Theke gelehnt. Sie beobachtete die Menschen auf der Tanzfläche, die auf und ab sprangen und miteinander verschlungen waren. Ein Haufen von herumhüpfenden Marionetten, gelenkt vom elektronischen Beat. Der Typ stellte sich dicht neben Marie und hauchte ihr ins Ohr: »Na, fühlst du schon was?« Marie nickte und lehnte ihren Kopf an sein Kinn. *Ja, Millionen kleine Ameisen krabbeln durch meine Adern,* geisterte es ihr durch den Sinn. Sie fühlte, wie etwas Feuchtes an ihrem Ohr knabberte. Es waren die vergilbten Zähne des Typen, gepaart mit seiner Zunge. Es störte sie nicht. Ein Grinsen machte sich auf ihrem Gesicht breit, ihre Mundwinkel wanderten unweigerlich nach oben.

»Lass uns tanzen!« Marie zog den Typ mit sich auf die Tanzfläche, inmitten der herumhüpfenden Marionetten, von denen auch sie eine sein wollte. Sie sprang auf und ab, so hoch und so schnell sie konnte. Der Typ tat es ihr gleich, seine Arme von hinten um ihre Hüfte geschlungen. *Höher, schneller, höher, schneller,* dachte sie, und blickte dabei zur schwarzen Decke über sich und den dutzenden Lichtern, die auf sie herabstrahlten. *Ich will in den Himmel.* Sie streckte ihre Arme zur Decke; sie griff nach den Sternen, die über ihr leuchteten. Lied um Lied griff sie nach den Sternen, bis sie keine Luft mehr bekam und die Beine unter ihr wegrutschten. Der Typ fing Maries drohenden Sturz ab und fädelte seinen Oberkörper stützend unter ihre Schultern. Er schleifte sie aus der Menge, an der Bar vorbei, in einen langen, tiefrot gestrichenen Flur, an dessen Ende eine abgesessene schwarze Ledercouch stand. Er legte Marie ab, ließ sich breitbeinig neben sie fallen und fühlte ihren Puls.

»Mann, dein Herz sprengt ja gleich deine Rippen, Baby… beruhig dich mal!«

Maries Brustkorb schellte auf und ab, als wäre sie gerade einen Marathon gelaufen. Sie lag schnaufend da. Die Musik dröhnte in ihren Ohren. Sie fuhr sich immer wieder mit der Zunge über ihre spröden Lippen; ihr Mund war ausgetrocknet wie eine verdorrte Pflanze in der Sahara.

»Ich brauche was zu trinken«, hustete sie, raffte sich hoch und stolperte in die Toilette. Sie riss den Wasserhahn auf und hielt ihr Gesicht unter das sprudelnde Nass. Der Strom flutete ihre Lippen und ihr Kinn. Marie schluckte und schluckte, bis auch der letzte Winkel von ihrem Mund mit dem rettenden Nass benetzt war. Erschöpft ließ sie sich aufs Klo fallen und schloss ihre Augen. Ihr Körper wurde schwer. Es war, als versinke sie in einem von Treibsand bedeckten Boden. Ihre Gedanken sprangen umher wie ein verirrter Ball auf dem Tennisplatz. In Sekundenschnelle schossen dutzende Bilder durch ihren Kopf:

Der Brief ihrer Mutter. *Cut.* Aarons Gesicht. *Cut.* Sie als kleines Mädchen auf dem Schoß ihres Vaters. *Cut.* Eine blaue Pille. *Cut.* Aaron und sie im Park. *Cut.* Herumspringende Marionetten. *Cut.* Gänseblümchensuppe. *Cut.* Eine stinknormale Familie. *Cut.* Die vergilbten

Zähne des Typen. *Cut.* Das enttäuschte Gesicht ihres Vaters. *Cut. Cut, cut, cut!*

Plötzlich spürte sie, wie ihre Beine auseinander geschoben wurden. Nur mit Mühe stemmte sie ihre Augenlider hoch. Sie sah die Umrisse eines Mannes, der neben ihr hockte. Er schwankte. Der Raum schwankte. Alles schwankte. Sie fühlte, wie zwei Hände unter ihren Rock wanderten, sie aalten sich ihre Oberschenkel hoch bis zu ihrem Slip, den die Hände langsam nach unten streiften. Sie spürte, wie ihr Körper nach vorne gezogen wird, wie er beinahe von dem Klodeckel rutschte. Sie sah die Konturen eines nackten Oberkörpers vor sich. Vergilbte Zähne grinsten sie an. Sie sah, wie der Mann seine Hose runterlässt und sich vor sie kniete. Sie wollte ihre Arme bewegen, die wie zwei Gummischläuche neben ihr hingen, aber ihre Glieder waren schwer wie Blei, sie wollten sich nicht rühren. Zwei Hände packten ihr Gesäß. Sie spürte einen harten Stoß. Ihre Vulva brannte. Und noch einen, und noch einen. Wölfe bellten sie an. Sie bellten und bellten, mit jedem Stoß. Sie schloss ihre Augen. Sie sah Aaron vor sich. Er stand am anderen Ende eines Tunnels. Er streckte ihr seine Hand entgegen. Sie wollte zu ihm laufen, seine Hand nehmen, aber ihre Beine waren im Boden verwurzelt wie eine hundert Jahre alte Eiche. Sie hörte seine Stimme, die ihren Namen rief: *Marie!* Sie konnte ihm nicht antworten, ihre Kehle war zugeschnürt. Plötzlich durchdrang ein lautes Stöhnen die Stille in ihren Gedanken. Die Umrisse Aarons lösten sich

langsam auf. Er verschwand in der Dunkelheit. Marie
öffnete ihre Augen. Tränen rollten über ihre Wangen.

SECHS

»I want to break freee, I want to break freee«… Freddie Mercurys Stimme riss Aaron aus dem Schlaf. Er tastete nach seinem Handy. Eine unbekannte Nummer stand auf dem Display.

»Marie?«, fragte er, ohne auf ein Wort zu warten.

»Ähm.. Spreche ich mit Aaron?«, hallte eine fremde Stimme durch die Leitung.

»Ja…?«, erwiderte Aaron überrascht.

»Hallo, hier ist Shirin… Sorry, dass ich dich mitten in der Nacht anrufe, aber deine Freundin… Ich glaub, sie hat irgendwas genommen. Kannst du sie abholen?«

»Natürlich!« Noch während er antwortete, sprang Aaron aus dem Bett.

»Wo seid ihr?«

»Wir sind in der Nähe vom Matrix, an der Ecke Bodenheimer Platz, vor einem Dönerladen. Weißt du, wo ich meine?«

»Ja! Ich bin in einer halben Stunde da. Bitte rührt euch nicht von der Stelle!« Aaron zog sich eine Hose an, warf sich eine Jacke über und steckte sein Portemonnaie in die Tasche.

»Okay«, antwortete die fremde Stimme, »Mach aber schnell!«

Er schlüpfte in seine Mokassins, polterte durch den Flur und schnappte sich die Autoschlüssel seines Vaters. Sie durfte ihm nicht entwischen. Diesmal nicht!

Die Scheinwerfer des Wagens hüllten Marie in ein helles Licht. Sie saß auf dem Bordstein, zwischen zwei Mädchen. Aaron stoppte das Auto und stieg aus.

»Bist du ihr Freund?«, fragte eines der Mädchen.

»Ja!«, entgegnete Aaron und hockte sich vor Marie.

»Was ist denn passiert?«, fragte er sanft und begutachtete Maries Gesicht: Das Weiß ihrer Augen war stark gerötet, ihr Haar war zerzaust, das Make-Up verschmiert. Sie sah blass aus.

»Was ist passiert, Marie?«, wiederholte er. Marie regte sich nicht. Sie starrte ausdruckslos in die Weite der Nacht. Aaron wendete sich den beiden Mädchen zu, hoffend, dass sie seine Frage beantworten können.

»Was ist mit ihr?«

»Keine Ahnung… Wir haben sie hier schon so gefunden. Ich glaub sie hat irgendwas eingeschmissen…«

»Ja, wir wollten erst den Notarzt rufen, aber da wurde sie ganz hysterisch und wollte, dass wir dich anrufen.«

Aaron streichelte Marie über ihre Wangen.

»Danke, dass ihr euch um sie gekümmert habt.«

Er hievte Marie zusammen mit den fremden Mädchen hoch und dirigierte sie auf den Beifahrersitz. »Danke nochmal«, verabschiedete sich Aaron und setzte sich ins Auto. Er musterte Marie, wie sie neben ihm hockte, ihre Beine vor ihrem Oberkörper angezogen, sich mit beiden Armen fest umklammernd. Ihr Anblick quälte ihn.

Was ist nur los mit dir, dachte er, ohne es auszusprechen. Er drehte die Zündschlüssel um und fuhr los. Immer wieder schielte er zu Marie hinüber, die teilnahmslos aus dem Fenster gaffte.

»Nein!«, hörte er sie plötzlich rufen, als er den Wagen in Richtung ihres Wohngebiets lenken wollte. Ruckartig bremste Aaron ab, sodass Marie beinahe gegen das Armaturenbrett knallte und sich nur mit Mühe abfangen konnte.

»Oh Gott, tut mir leid! Alles in Ordnung?«

»Ja«, flüsterte Marie und rutschte zurück auf den Sitz. Der abrupte Halt hatte sie aus ihrem Dämmerzustand katapultiert.

»Nur nicht nach Hause…« Ihre Stimme klang fahl.

»Wohin dann?«

»Weiß nicht… nur nicht nach Hause.«

Aaron setzte den Wagen wieder in Bewegung und fuhr ziellos durch Frankfurt. Die Lichter der Straßenlaternen rauschten an ihnen vorbei, das Brummen des Getriebes dröhnte in ihren Ohren. Kilometer um Kilometer, Straße um Straße fuhr Aaron Marie durch die Stadt, die genauso leer und dröge war wie der Blick in Maries Augen.

BIEP, BIEP! Aaron schaute auf das Display. Die Benzinanzeige blinkte auf. »Wir müssen mal anhalten«, brach Aaron die Stille zwischen ihm und Marie, »Es wird auch bald hell.« An der nächsten Tankstelle bog er rechts rein und stoppte an einer Zapfsäule.

»Marie«, Aaron atmete tief ein, wie ein Arzt, der seinem Patienten gleich eine unangenehme Nachricht überbringen muss: »Wir sind seit fast einer Stunde unterwegs. Wir können nicht ewig umherfahren.«

Marie erwiderte nichts.

»Ich tanke jetzt und dann fahren wir zu mir, okay?«

Marie zuckte gleichgültig mit den Schultern. Aaron hielt einen Moment inne, seine Augen auf Marie gerichtet, wartend, ob sie seinen Blick erwidert. Aber Marie starrte nur weiter aus dem Fenster. Er ließ sie gewähren.

Als sie an Aarons Elternhaus ankamen, hatte sich der Himmel bereits von der Morgensonne gerötet, die bald über die Dächer klettern würde. Leise schloss Aaron die Haustür auf und legte die Autoschlüssel seines Vaters zurück an den dafür vorgesehenen Platz. Marie lief ohne Umschweife ins Badezimmer. Aaron ließ die Rollläden in seinem Zimmer hinunter, sodass sich nur noch ein paar wenige Lichtstrahlen durch die Schlitze mogeln konnten. Er faltete seine Bettdecke zusammen, schüttelte die Kopfkissen auf und öffnete seinen Kleiderschrank:

Seine Hemden und Hosen hingen auf Bügeln, in den Regalen lagen T-Shirts und Shorts nach Farben sortiert. Er nahm ein beiges T-Shirt und eine graue Shorts aus dem Schrank und platzierte sie auf seinem Schreibtisch neben seine sorgfältig gestapelten Bücher. Er legte sich aufs Bett und beobachtete das Flackern seiner Nachttischlampe, die den Raum in ein dämmriges Licht hüllte. *Ich muss die Birne auswechseln*, dachte er.

Es dauerte eine Weile, bis die Zimmertür aufgestoßen wurde. Marie ging schnurstracks zum Schreibtisch und warf ihre Handtasche und ihre Jeansjacke arglos zu Boden. Ohne Scham streifte sie ihr pinkes Pailletten-Top über den Kopf, sodass ihr Oberkörper frei lag. Ihre pralle Brust war nur von einem knappen, schwarzen BH bedeckt. Noch während sie sich ihren Rock über ihre Beine zog, wendete Aaron sein Gesicht von ihr ab. Erst, als er im Seitenwinkel sah, dass sie sich angekleidet hatte, schaute er sie wieder an. Sie saß auf seinem Bürostuhl und glotzte auf die geschlossenen Rollläden.

»Willst du mir nicht sagen, was passiert ist?«, fasste Aaron seinen Mut zusammen.

»Was soll das bringen?«, antwortete Marie eintönig.

»Ich mache mir Sorgen um dich.«

»Es geht mir gut. Lass es einfach!«

»Sag mir nicht immer, dass es dir gut geht, Marie… Dir geht es nicht gut!«

»Ich sag doch, es geht mir gut! Was willst du noch von mir?«, zischte Marie.

»Ich glaube dir kein Wort. Sag mir endlich, was los ist!«

Marie drehte sich zu Aaron um und schaute ihn direkt an. Es war das erste Mal in dieser Nacht. Aaron fixierte ihren Blick; er studierte ihre Augen, die als Kind eine unbändige Lebenslust portraitierten, doch jetzt waren sie gezeichnet von einer erdrückenden Düsternis – einer Düsternis, die ihm Angst machte.

»Marie«, bettelte er, »Bitte hör auf… Hör auf mir was vorzuspielen. Sag mir, was passiert ist!«

Marie wandte sich wieder zu den Rollläden. Aaron spitzte seine Ohren, kein Laut Maries sollte ihm entgehen.

»Ich bin einfach müde, Aaron… Ich bin so scheißmüde von meinem Leben…«

Aaron schluckte, seine Zunge lastete schwer.

»Was… Was sagst du da? Ich… Marie… Bitte sag sowas nicht…«, stammelte er.

»Ich bin so ausgelaugt. Was hat das alles noch für einen Sinn?«

Aaron wusste, dass sie es ernst meinte. Er stieg aus dem Bett und ging zu ihr. Beinahe zeitlupenartig drehte er den Schreibtischstuhl zu sich um. Er hockte sich vor sie und umfasste ihre Handgelenke, die er mit seinen Daumen streichelte.

»Marie, hör mir genau zu«, sagte er eindringlich, »Du bist der tollste Mensch, den ich kenne! Du…«

»Ich war vorhin bei meinem Vater. Ich habe ihm den Brief gegeben«, unterbrach sie ihn und zog ihre Hände weg.

»Ich habe ihn gefragt, warum er mich nicht liebt. Weißt du, was er gesagt hat?«

Sie schaute Aaron fordernd an, nur um die Frage im nächsten Moment selbst zu beantworten: »NICHTS! Nichts verdammt!«

Aaron tastete erneut nach Maries Händen, doch als er sie berührte, schlug sie seine Arme weg und stieß ihn von sich, sodass er aus der Hocke auf seinen Hintern fiel. Sie sprang vom Stuhl und brüllte ihn an: »Fass mich nicht an, verdammt! Ich ertrage das nicht! Was willst du eigentlich von mir?«

Aaron schaute Marie erschrocken an.

»Was? Sag schon! WAS?... Warum lässt du dich immer wie ein Stück Dreck behandeln?«

Marie stampfte vor ihm auf und ab wie ein wild gewordener Stier.

»Was willst du von mir? Dein Leben ist doch der reinste Ponyhof. Du weißt nichts vom scheiß Leben! Du weißt nicht, wie es ist, ohne Mutter aufzuwachsen... Du weißt nicht, wie es ist, wenn dein Vater in dir eine permanente Enttäuschung sieht... Du weißt nicht, wie es ist, wenn dich keiner liebt, verdammt... wie es ist, scheiß alleine auf diesem verfickten Planeten zu sein!«

Schnaubend sackte sie zusammen. Aaron saß regungslos neben seinem Schreibtisch, beklommen von

Maries Anblick, die nun wie ein geschundenes Tier auf allen vieren vor seinem Bett kauerte. Wuchtige Tränen tropften auf die Holzdielen unter ihr, ein langer Faden Rotze hing aus ihrer Nase, den sie gerade noch abfangen konnte, bevor er auf dem Boden landete. Aaron ließ Marie für keine Sekunde aus den Augen. Er wartete, bis ihr Schluchzen in ein Wimmern überging und schließlich ganz versiegte. Er wartete, bis sich ihr Brustkorb wieder gleichmäßig hoch und runter bewegte. Er wartete, bis nur noch das morgendliche Zwitschern der am Horizont kreisenden Vögel durch die Mauern drang.

Nach einer Weile setzte sich Marie auf und ließ ihren Kopf erschöpft über die Lehne auf die Matraze fallen, ihre Beine weit von sich gestreckt.

»*Ich* liebe dich!«

Marie richtete ihren Kopf vom Bett auf und guckte Aaron ungläubig an.

»*Ich* liebe dich«, wiederholte Aaron seine Worte und krabbelte zu ihr. Er nahm Maries Kopf in beide Hände und blickte in ihre Augen: »Weißt du das denn nicht?«

Marie lehnte ihre Stirn an die seine, ihre beiden Nasenspitzen berührten sich, Aarons Herz trommelte.

»Ich weiß…«, sagte Marie leise und presste ihre Lippen auf die seinen. Ein flüchtiger Moment, wie ein lang ersehnter Regenschauer an einem heißen Sommertag, der ebenso schnell vorüberzog, wie er gekommen war, bevor sich ihre Münder wieder trennten.

Ohne etwas zu sagen, stand Marie auf und mummelte sich unter die Bettdecke. Aaron schaltete die flackernde Nachttischlampe aus und legte sich neben Marie, seine Brust eng an ihren Rücken geschmiegt. Zärtlich umfasste er mit einem Arm ihren Oberkörper und drückte sie an sich. »Ich liebe dich, Marie«, flüsterte er. *Ich liebe dich.*

Kuckuck, kuckuck. Ein bunter Vogel schob sich durch die Flügeltür einer aus Holz geschnitzten Uhr. *Kuckuck, kuckuck.* Marie beobachtete das kleine Vögelchen, wie es zwei Mal rein und raus fuhr und ihr sein Lied vortrug. Jeden Dienstag und Freitag, jedes Mal zur selben Zeit. *Du passt genauso wenig hier her wie ich.*

Ihr Blick wanderte durch das Zimmer: Der Boden ist mit grauem Linoleum ausgelegt, die Wände sind in einem kühlen Weiß gestrichen. Die linke Wand ist von drei deckenhohen weißen Regalen gesäumt, in denen sich unzählige Bücher und Aktenordner stapeln. *Ob der Prof die alle gelesen hat?* Daneben steht eine schwarze Ledercouch, auf der eine große Leinwand thront, die beinahe das ganze Sofa einnimmt, und deren weißer Stoff nur mit zwei schwarzen Strichen und zwei roten Kreisen bemalt ist. Auf der anderen Seite des Raums steht ein weiß lackierter Schreibtisch mit Edelstahlbeinen und ein Bürostuhl mit schwarzem Polster. Über dem Schreibtisch hängt eine Urkunde in einem Rahmen aus schwarzem

Holz. Auf der rechten Seite des Raums prangt ein großes Fenster, unter dem ein langer Heizkörper montiert ist. Auf der Fensterbank hat jemand eine Box mit Taschentüchern und einen Kaktus in einem Messingtopf platziert. Vor der Fensterfront stehen sich zwei schmale graue Ledersessel gegenüber, die durch einen zwei Meter langen gemusterten Kurzflorteppich voneinander getrennt werden. In einem sitzt sie, in dem anderen sitzt ein Mann mit weißem, ungekämmtem Haar. Seine Gesichtszüge sind fein und kantig, nur ein paar nachwachsende Stoppel sprießen aus seiner faltigen, dünnen Haut. Er trägt ein langärmeliges Hemd mit weißen und hellblauen Längsstreifen, auf das eine Brusttasche aufgenäht ist. Zu seinen blauen Jeans gesellen sich schwarze Turnschuhe. Auf seinen hageren Schenkeln liegt ein Buch mit losen Blättern, darauf ein Kugelschreiber.

»Es ist *Ihre* Entscheidung!« Marie reagierte nicht. Ihre Augen waren auf dem Schoß des Mannes stehen geblieben. Sie ruhten auf den Zeilen, die auf dem Papier geschrieben waren, auf den vielen blauen Lettern, die *ihre* Gefühle und *sein* Urteil in sich bargen.

»Haben Sie gehört, Frau Weber?« Der Mann klopfte mit dem Kugelschreiber auf seine Notizen. Marie richtete ihren Blick zu ihm auf. Seine Augen strahlten eine seltsame Sanftmut aus, eine Sanftmut, die sie urplötzlich betrübte. Sie senkte ihren Kopf, ihre Gesichtszüge wurden weich. »An wen denken Sie?«, fragte der Mann, der ihre Gedanken zu durchschauen schien.

»An Niemanden«, sagte Marie. Sie band die Bänder an ihrem Hosenbund sorgfältig zu einer Schleife und schaute aus dem Fenster: In dem weitläufigen Park unter ihr saßen Menschen – klein wie Legosteinchen – auf Bänken. Vierstöckige graue Gebäude kesselten den Park und die Menschen darin ein wie dutzende Panzer eine fremde Armee.

»Sie erinnern mich an einen alten Freund«, sagte Marie schließlich, »Irgendwie haben Sie was von ihm.«

»Inwiefern?«

»Weiß nicht… Sie erinnern mich einfach an ihn. Sie lassen auch nicht locker…«

»Was meinen Sie damit?«

»Was ist das eigentlich für ein komischer Kaktus?« Marie zeigte auf die Fensterbank.

»Das ist ein Greisenhaupt«, erklärte der Mann.

»Dem stehen ja die Haare zu Berge!«

»Das hat er der Sonne zu verdanken. Die regt sein Haarwachstum an.«

Marie betrachtete den Kaktus, der etwa eine Armlänge in die Höhe ragte, und dessen Körper von dichtem, weißem Haar ummantelt war, das flauschig zu den Seiten abstand. »Sieht aus wie Sie…«, sagte sie spöttisch.

»Es sind also meine Haare, die Sie an Ihren Freund erinnern?«

Maries Blick wanderte zurück zu dem Mann, der sie freundlich anschaute.

»Nein. Es sind Ihre Augen, die mich an ihn erinnern…
Diese verdammten Dackel-Augen, die Sie beide haben!«

»Und was stört Sie daran?«

Marie löste die Schleife an ihrer Hose und zog die Bänder wieder in die Länge: »Keine Ahnung… Dieses Mitleidige… Dieses Freundliche… Ich ertrage das einfach nicht!«

»Weil Sie Ihrer Meinung nach keine Freundlichkeit verdienen?«

»Weil mich das anwidert«, fauchte Marie, »Man kann Sie noch so scheiße behandeln und trotzdem bohren Sie immer weiter. Mein Freund war genauso!« Marie ließ die Bänder wieder zurückspringen. »Der hat auch nie locker gelassen, egal wie scheiße ich zu ihm war!«

Der Mann beobachtete Marie eine Weile, wie sie immer wieder an den Bändern ihrer flauschigen Nicki-Hose zuppelte und ihm ab und zu einen grimmigen Blick zuwarf.

»Sie sprechen in der Vergangenheit von diesem Freund. Sind Sie nicht mehr befreundet?«

»Nein«, entgegnete Marie knapp.

»Warum nicht?«

»Weil ich in Berlin lebe und er in Frankfurt. So einfach ist das.«

»Na, das ist aber doch kein richtiger Grund. Heutzutage gibt es ja allerlei Kommunikationsmöglichkeiten…«

»Okay, er war in mich verknallt, wenn Sie es unbedingt wissen müssen!« Marie sprang auf, ging zu den weißen Regalen an der Wand und fuhr wie bei einem Klavier mit ihren Fingern über die Buchrücken. »Haben Sie die eigentlich alle gelesen?«, fragte sie, dem Mann den Rücken zugedreht.

»Die meisten, ja«, erwiderte er, Marie beobachtend, wie sie weiter zum Schreibtisch stolzierte. Sie musterte die Urkunde, die an der Wand hing: *Klaus-Helge Hermann, geb. am 30. April 1959, wird der akademische Grad »Diplompsychologe« erteilt. Prädikat: »sehr gut«. Berlin, den 15. Juli 1986.* »Sie sind doch Prof! Warum haben Sie nur dieses unwichtige Ding hier hängen?«

»Weil es für mich nicht unwichtig ist, sondern viel besonderer als all die Auszeichnungen, die danach kamen«, antwortete der Professor. »Sie waren also nicht in Ihren Freund verliebt?«

»Selbst wenn… Es wäre sowieso nicht gut gegangen. Warum ist die Urkunde so besonders für Sie? Das verstehe ich nicht…«

»Sie ist etwas Besonders, weil der erste Schritt immer der Schwerste ist. Das ist wie hier in der Therapie. Für die Patienten ist der erste Schritt immer der Schwierigste. Die Entscheidung zu treffen, sich zu öffnen und dem Leben eine zweite Chance zu geben… das ist der schwierigste Schritt von allen. Und das ist ganz allein die Entscheidung der Patienten!«

Marie umfasste mit ihrer rechten Hand ihr linkes Handgelenk und zeichnete mit ihrem Daumen die lange dicke Narbe nach, die sich an dieser Stelle wie ein Damm von ihrer zarten Haut erhob. Die Narbe schmerzte.

Marie wandte sich wieder dem Professor zu. Seine Worte hallten in ihren Ohren nach: *Es ist Ihre Entscheidung.* Sie grübelte einen Moment, ihre rechte Hand immer noch um das linke Handgelenk gelegt.

Der Professor machte eine nickende Kopfbewegung in Richtung des leeren grauen Sessels. Marie atmete tief durch die Nase ein, bis die Lunge ihr Volumen vollkommen ausgeschöpft hatte, und pustete die Luft mit einem Mal durch ihren Mund hinaus. Sie ließ ihr Handgelenk los, ging zum Sessel und setzte sich hin.

»Sein Name ist Aaron. Er war eigentlich mein einziger richtiger Freund. Ich glaube, er war überhaupt der einzige Mensch, dem ich je etwas bedeutet habe.« Marie schluckte. Sie spürte, wie ihre Tränendrüsen dicke Tropfen hochpressten und zog zügig ein Taschentuch aus der Box, mit der sie die salzigen Perlen abfing, bevor sie sich einen Weg über ihre Wangen bahnen konnten.

»Was ist zwischen Ihnen passiert?«

»Als ich aus Frankfurt abgehauen bin... Sie wissen schon, nach der Scheiße mit meinem Vater... Also nachdem ich in Berlin angekommen bin, hat Aaron noch mehrmals angerufen und mir geschrieben, aber ich habe nicht reagiert, kein einziges Mal. Irgendwann habe ich dann einfach meine Nummer geändert und das wars dann.«

»Warum haben Sie das getan, wenn Sie sagen, dass er ihr einziger Freund war?«

»Keine Ahnung. Einfach so! Muss immer alles eine Erklärung für Sie haben?«

Der Professor beugte sich nach vorne und legte das Buch mit seinen Notizen auf den Boden neben sich: »Frau Weber«, sagte er eindringlich, »Warum haben Sie den Kontakt abgebrochen?«

»Weil ich nicht gut für ihn bin, verdammt!« Marie konnte ihre Tränen nicht mehr zurückhalten. »Meine Mutter wollte mich nicht! Meinem Vater war es scheißegal, dass ich aus Frankfurt weg bin. Keiner hat sich einen Dreck um mich geschert, außer Aaron…« Sie schluchzte. »Aaron war immer da, egal wie ich war oder was ich gemacht habe. Aaron hat immer versucht mich zu retten. Aber mich kann man nicht retten. Mich… mich…« Maries Stimme versagte. Ihre Kehle hatte sich wie von selbst zugeschnürt, nur noch ein lautes Japsen vermochte ihren Mund zu verlassen. Ihre Glieder wurden schwer. Sie sank in den Sessel ein, erdrückt von ihren eigenen Gefühlen, die auf sie niederprasselten wie ein heftiger Hagelschauer.

Der Professor wartete geduldig, bis ihr Wimmern Minute um Minute leiser wurde und es schließlich vollkommen verstummte.

Marie war erschöpft; sie saß regungslos vor dem Professor, einen Berg von durchnässten Taschentüchern auf ihrem Schoß. Kein Mucks, kein Geräusch schallte durch den Raum.

Kuckuck, kuckuck. Marie blickte zu der aus Holz geschnitzten Uhr, die über dem Haupt des Professors an der Wand hing. *Kuckuck, kuckuck.* Das Vögelchen fuhr wieder hinein.

»Wir müssen leider aufhören für heute.« Der Professor erhob sich und ging zur Tür. Marie trottete ihm hinterher. Er öffnete die Tür einen Spalt und machte dann plötzlich Halt. »Frau Weber«, sagte er, seine sonst so ruhige und freundliche Stimme klang plötzlich streng, »Sie sind es wert, dass Sie sich selbst retten. Niemand anderes kann das für Sie tun, nur Sie. Und Sie sind es wert, *dass* Sie es tun.« Der Professor öffnete die Tür und legte seine Hand auf Maries Schulter: »Denken Sie darüber nach!«

ACHT

Der rote Lack ist schon total abgeplatzt, grübelte Marie, eingehend ihre Fingernägel betrachtend: Die Nägel der Zeigefinger waren bis zur Fingerkuppe abgebrochen, der Nagel des linken Mittelfingers war an der Kante gespalten und der Nagel des rechten kleinen Fingers war mit Abstand der Längste – er sah aus wie der eines LKW-Fahrers, der sich diesen lang hat wachsen lassen, um damit den Schmalz aus seinen Ohren zu fischen. Die Nagelhaut der Daumen war seitlich eingerissen, an einigen Stellen hatte sich eine feine Lage Schorf gebildet. Maries Zähne fuhren über die Kruste wie die Zinken eines Mähdreschers über einen Acker. »Aua!«, stieß sie laut aus, als das Blut an der abgemähten Stelle hervorquoll...

»N'abend, Marie!«, hörte sie plötzlich eine vertraute Stimme rufen.

Marie richtete ihren Blick auf: Vor ihr stand Gisela, der »Brummer«, wie Marie die Schwester hinter ihrem Rücken heimlich nannte. Schwester Gisela war eine mächtige Erscheinung, beinahe 1,80 Meter groß, mit Armen und Beinen geformt wie dicke Baumstämme. Ihr rundes Gesicht saß auf einem Doppelkinn, das fast den ganzen Hals verschleierte. Ihre aschblonden, lockigen Haare waren von der Dauerwelle ganz ausgefranzt.

Schwester Gisela stellte das Tablett mit dem Abendbrot auf den Tisch und umfasste Maries Hände: »So jeht dit aber nicht!«, sagte sie in ihrem Berliner Dialekt, während sie Maries geschundene Finger begutachtete. »Du bist doch so en hübsches Mädel. Et is doch viel zu schade, dass du dich so verschandelst, men Kind! Also wenn du mene Tochter wärst…« Sie hielt inne, ließ Maries Hände aus ihrem Griff gleiten und umklammerte das kleine Kreuz, das an der Kette baumelte, die zwischen den Fettschichten ihres Halses herauslugte: »Jott spielt en seltsamet Spiel«, murmelte sie leise, während der Ausdruck in ihren Augen plötzlich düster wurde. Marie fuhr ein Schauder über den Rücken. Der Brummer schien ihr plötzlich wie ein anderer Mensch – tief betrübt und gebrochen. So hatte sie die sonst beinahe unerträglich lebensfrohe Schwester noch nie gesehen…

*

Schwester Gisela war vor neun Wochen das erste Gesicht, das Marie erblickte, als sie zu sich kam: Sie vermochte es kaum ihre Augenlider zu öffnen. Flashbacks der vorherigen Nacht, die sie an diesen Ort gebracht hatte, schossen durch ihren Geist, gepaart mit den

Bildern eines sterilen Raums. Als ihre Sinne vollständig zurückgekehrt waren, war ihr erster Gedanke, dass sie *es nicht geschafft hatte.*

Maries Blick huschte nach Orientierung suchend durch den Raum: Neben ihr stand ein Bett, das mit einer Plastikfolie abgedeckt war. *Ich bin also allein.* Links befanden sich zwei Türen, eine war einen Spalt geöffnet. *Das muss das Bad sein.* Daneben stand ein Kleiderschlank, in deren Türen zwei Schlüssel steckten. An der Wand stand ein Tisch mit zwei Stühlen, über dem ein Bild mit Sonnenblumen angebracht war. *Van Gogh.* Das grelle Sonnenlicht, das unmittelbar durch das große Fenster blitzte, quälte Maries Augen. *Mein Kopf.* Um ihr linkes Handgelenk war ein dicker, weißer Verband gewickelt und in ihrem rechten Arm steckte eine Kanüle, durch die eine klare Flüssigkeit in ihre Venen schoss. Sie schob die Bettdecke ein Stück runter. Ein gelbes Nachthemd bedeckte ihren Oberkörper und eine Einwegunterhose ihre Scham. *Wo sind meine Klamotten?* Unter pochenden Schmerzen presste Marie ihre Hände in die Matratze, um sich aufzurichten und den Alarmknopf zu drücken. Aus der Ferne hörte sie Schritte, die stetig lauter wurden und in ein elefantengleiches Stampfen übergingen, als sich die Zimmertür öffnete. Mit einem breiten Lächeln kam eine kolossale Gestalt auf sie zu.

»Na, mene Liebe, sind wa endlich wach?« Während die mächtige Gestalt mit einer Hand den Tropf mit der

Kochsalzlösung kontrollierte und mit der anderen die Hand von Marie tätschelte, stellte sie sich vor:

»Ick bin Schwester Gisela! Wissen Sie, wo Sie hier sind?«

Marie schüttelte den Kopf.

»Sie sind im Sankt Hedwig Krankenhaus.«

»Wo sind meine Klamotten?«, krächzte Marie.

Die Schwester reichte ihr einen Plastikbecher mit Wasser, das Marie in großen Schlucken austrank.

»Ick weß nur, dass Sie jestern Nacht anjekommen sind. Aber ick kieke vorne gleich mal in Ihre Akte. Sagen Sie mir erstmal, wen wa anrufen soll'n!« Dabei zog sie ungefragt das Kissen hinter Maries Rücken weg, schüttelte es aus und stopfte es wieder hinter sie. Voller Erwartung glotzte die Schwester sie an. Leere machte sich in Maries Gedanken breit. Es gab niemanden, den sie anrufen wollte; niemanden, den sie anrufen konnte.

»Kann ich bitte eine Ibuprofen oder so bekommen? Ich habe echt tierische Kopfschmerzen…«

Schwester Gisela atmete tief ein und schnaubte die Luft mit einem einzigen Stoß wieder aus: »Na jut! Ick hol Ihnen erstmal ene Tablette und dann kieken wa weiter.« Sie zwinkerte Marie verschwörerisch zu und entschwand aus dem Zimmer.

Marie war erleichtert, hatte sie doch einen kurzen Aufschub bekommen. Langsam setzte sie sich auf, ihre nackten Beine pendelten vom Bettrand. Kurz wurde ihr schummerig vor den Augen, der Wodka von letzter Nacht stieß brennend auf.

Der Linoleumboden unter ihren blanken Füßen war kalt. Mit halb zugekniffenen Augen zog sie die gelben Gardinen zu. *Schon besser.* Als sie die ersten Schritte machte, begann sie zu taumeln. *Scheiß Alk.* Sich am Tropf festklammernd, hangelte sie sich ihren Weg ins Bad, verschloss die Tür hinter sich und ließ sich auf die Kloschüssel sinken. Es war angenehm dunkel, nur durch einen schmalen Spalt zwischen Tür und Boden haschte ein wenig Licht. Das Hämmern in ihrem Kopf ließ allmählich nach. *Endlich.* Die Bilder, die wie ein Hochgeschwindigkeitszug durch ihren Kopf rasten, verlangsamten sich. Die Ereignisse der letzten Nacht traten schlagartig in ihr Bewusstsein…

Sie hatte ihre Mitbewohnerin auf eine Studentenparty begleitet, auf der es ihr schnell langweilig wurde, sodass sie allein ins *Loophole* weiterzog. An der U-Bahn-Station hatte sie sich von einem Dealer drei *Teile* besorgt. Im Club herrschte bereits ein buntes Treiben und es dauerte nicht lange, bis sie angesprochen wurde und ihren ersten Drink spendiert bekam. Sie spendierte im Gegenzug eine Pille. Sie feierte die Nacht durch, zwischendurch verschwand sie mit dem Mann auf die Toilette. Dort stillte sie ihren Drang nach sexueller Befriedigung, den die Substanzen, die sie einnahm, in ihr auslösten. Die Wärme fremder Haut, die bittere Süße fremder Zungen, der Duft fremder Schweißperlen ließen sie für einen Abend die Einsamkeit vergessen. Sie fühlte sich lebendig und geborgen zwischen den tanzenden Gästen und unter fremden Männern, die sie auf der Toilette vögelten.

Als der Morgen anbrach und die Wirkung der Drogen nachließ, machte sie sich auf den Heimweg. Es war noch dunkel über den Dächern Berlins und mit jedem Schritt bahnte sich die quälende Leere wieder den Weg in ihr Herz. Mit jedem Schritt, den sie tat, kam die erdrückende Einsamkeit zurück.

Vor den Toren des Friedhofs blieb sie stehen. Sie zog die kleine Plastiktüte hervor und fischte die letzte Pille hervor. Sie hatte einen Totenkopf eingestanzt. Sie ließ die Pille durch ihre Finger spielen und da war er wieder: dieser *eine* Gedanke, der zu ihrem treuen Begleiter geworden war, seitdem sie Frankfurt verlassen hatte. Der Friedhof und der Totenkopf auf der Pille waren das Zeichen, auf das sie seit einem Jahr gewartet hatte. Sie waren die Bestätigung, dass ihr treuer Begleiter der einzige Ausweg war. Das erste Mal seit Jahren wusste sie, was sie zu tun hatte.

Als sie die Wohnungstür aufschloss, wurde es bereits hell. Die Zimmertür von ihrer Mitbewohnerin stand offen, sie musste bei ihrem Freund übernachtet haben. Sie ging schnurstracks in die Küche und zog die Schublade auf, in der sämtliches Besteck durcheinander lag. *Welches Messer ist scharf genug?* Ihre Hände wühlten sich zielstrebig ihren Weg. *Ein Steakmesser?* Ihre Finger glitten über die Klinge. *Zu geriffelt.* Sie erspähte das Santokumesser. *Zu stumpf.* Das Besteck klimperte unter ihren schaufelnden Händen. Schließlich fand sie das Schälmesser und nahm es prüfend unter die Lupe. *Die Klinge ist leicht gebogen.* Sie drückte den Griff. *Liegt fest in der Hand.* Sie tippte vorsichtig auf die Spitze. *Schön scharf.* Sie hatte ihren Gewinner. Sie schob die Schublade zu, schnappte sich die Flasche Wodka aus dem Gefrierschrank und ging in ihr Zimmer, das nur kärglich eingerichtet war.

Obwohl sie fast ein Jahr in Berlin wohnte, hatte sie sich kaum etwas angeschafft. Die auf einige Paletten drapierte Matratze durfte sie damals kostenlos von der Vormieterin übernehmen. Lediglich Bettzeug, einen Kleiderständer und ein paar Gardinen hatte sie sich besorgt. Die wenigen Habseligkeiten, die sie in einem kleinen Koffer mit nach Berlin gebracht hatte, lagen auf dem Boden neben dem Bett. Das Zimmer war so leer wie sie selbst.

Sie ließ sich aufs Bett fallen und trank einige große Schlucke Smirnoff. Durch die Fenster krabbelten die ersten Sonnenstrahlen. Sie stellte ihr Lieblingslied an. Die Melodie von *True Colors* klang in ihren Ohren. Sie sang leise die Zeilen mit, die sich in ihr Gedächtnis eingebrannt hatten wie das Brandzeichen auf der Haut einer Kuh.

Sie nahm ein paar weitere große Schlucke Wodka, der eiskalt in ihren Magen strömte und schloss ihre Augen. Aaron drängte sich in ihr Bewusstsein. *Du warst der*

Einzige, der mich je gesehen hat, dachte sie, als der Refrain von Cindy Laupers Song ertönte.

Sie scrollte im Telefonbuch ihres Handys nach Aarons Namen. Sie starrte auf die Zahlen. Wie oft hatte sie das in den letzten Monaten getan, fast jedes Wochenende, wenn sie halbtrunken nach Hause kam und ihm sagen wollte, was sie vor einem Jahr nicht sagen konnte, als er ihr seine Liebe gestand. Aber egal wie viel sie trank oder welche Pillen sie einwarf, es war nie genug, um den Mut aufzubringen seine Nummer zu wählen. Jedes Mal krochen die Zweifel zurück in ihren Verstand und breiteten sich dort aus wie Millionen kleine Parasiten.

Sie hatte seine Anrufe und Nachrichten wochenlang ignoriert, nachdem sie nach Berlin gekommen war, und schließlich ihre Nummer geändert, immerhin wollte sie mit ihrem alten Leben abschließen. Doch es gab kein Entrinnen. Die Vergangenheit ließ sie nicht los. Sie grub sich schleichend ihren Weg zurück in ihr Gedächtnis und mit ihr eine Schwere, die sie nun nicht länger ertragen konnte.

Sie drückte auf *repeat*, als das Lied zu Ende ging und angelte das Polaroid von Aaron hervor, das sie zwischen Matratze und Palette versteckt hielt. Sie kippte wieder einige große Schlucke Wodka den Rachen hinunter und betrachtete das Foto: Wie Aaron lässig an dem Pfeiler der Niederräder Brücke lehnt, sein hawaiianisches Hemd, das sie ihm zum bestandenen Abitur geschenkt hatte, bis oben hin zugeknöpft. Seine straßenköterblonden Haare wie immer adrett gescheitelt, seine grün-braunen Augen strahlen durch eine Brille in die Kamera. Er lächelt. Aus dem schlaksigen Knaben, den sie in der vierten Klasse kennengelernt hatte, war ein schlaksiger junger Mann geworden.

Du hast mich geliebt… Cindy Laupers Stimme schmetterte durch den Raum, der Wodka strömte durch Maries Venen, ihr Herz raste. *Du hast mich geliebt… richtig geliebt!* Sie nahm das Messer und setzte an…

Das war das Letzte, an das sich Marie noch erinnern konnte. Resignation stieg in ihr hoch: Sie lebte noch! Sie hatte versagt… Nicht einmal das hatte sie geschafft. Ihr Brustkorb begann zu beben, Tränen rollten über ihre Wangen. Sie schluchzte so laut, dass sie nicht bemerkte, dass Schwester Gisela wieder ins Zimmer gekommen war.

»Frau Weber, is allet ok? Ick hab hier ene Schmerztablette für Sie.«

Marie zuckte zusammen.

»Einen… Einen Moment noch«, stammelte sie, »Ich… Ähm… Ich komme gleich raus.«

Zügig wickelte sie sich ein paar Lagen Klopapier um die Hand und wischte sich damit die Tränen aus dem Gesicht. Marie war es schon immer zuwider gewesen vor fremden Menschen zu heulen. Sie wollte nicht als Schwächling dastehen, als *zu* sensibel, *zu* emotional –

Eigenschaften, die ihr Vater ihr stets vorgeworfen hatte, wenn sie im Streit zu weinen anfing.

Als Marie die Badezimmertür öffnete, stand Schwester Gisela im Türrahmen, den sie fast vollständig ausfüllte. Es gab kein Entkommen.

»Is allet ok?« Sorge schwang im Klang ihrer Stimme mit. Marie nickte nur, griff nach der Tablette und würgte sie ohne Wasser hinunter.

»Wen soll'n wa denn verständigen?«, fragte Schwester Gisela erneut, ohne sich auch nur einen Zentimeter zu bewegen.

Marie war genervt… »Kann ich bitte vorbei«, entgegnete sie forsch, und drängelte sich an den weichen Fleischmassen, die ihr den Weg versperrten, hindurch. Sie öffnete die Schranktüren, doch nur Leere starrte ihr entgegen. »Haben Sie zufällig irgendwelche Klamotten übrig? Ich will nach Hause!«

»Frau Weber, dit jeht so nicht… Setzen Sie sich doch erstmal hin und beruhigen sich!«

Wie sehr Marie es hasste, wenn jemand ihr sagte, dass sie sich beruhigen sollte, wenn sie nicht ruhig sein wollte, wenn sie im Gegenteil *gehört, gesehen, wahrgenommen* werden wollte. Auch das erinnerte sie an ihren Vater.

»ICH BIN RUHIG«, herrschte sie die Schwester an, »aber ich gehe jetzt nach Hause. Mir geht es wieder gut!« Marie streckte ihren Rücken durch, hob ihr Kinn und obwohl ihr Handgelenk wie Hölle schmerzte, verschränkte sie ihre Arme vor der Brust. *Dieser Brummer hält mich ganz sicher nicht auf!*

»Sie haben jestern versucht sich dit Leben zu nehmen. Ihnen jeht es *nicht* jut!«, entgegnete die Schwester und wechselte dann unvermittelt ins *Du*, als sei Marie noch ein Kind, das man tadelt: »Und bevor du auf die Idee kommst, zu stiften, hier is allet abjeriegelt!« Dabei verschränkte sie ebenfalls ihre Arme vor der Brust und zwinkerte Marie erneut zu, wie ein Schachspieler, der den nächsten Zug des anderen ganz genau erahnen konnte.

Die Freundlichkeit der Schwester irritierte Marie. Es wäre ihr lieber gewesen, wenn sie ebenfalls laut geworden wäre. So aber hatte sie ihr nichts entgegensetzen können – im Gegenteil: Marie mochte den Brummer.

»Wenn Sie ein Handy oder so haben, dann schreibe ich meine Mitbewohnerin an…« Sie hatte sich ergeben.

»Dit is doch en Anfang«, entgegnete Schwester Gisela, als sie Maries Arme aus der Verschränkung nahm und vorsichtig den Katheter von der Kanüle löste. »Heute Nachmittag kommt Prof. Hermann. Der bespricht mit dir, wie es weiter jeht. Dit is en janz Netter!«

Maries Vene brannte, als der Brummer den Eingang aus ihrem Arm zog und ihr ein Pflaster auf die Einstichstelle klebte, aus der ein dicker Tropfen Blut herausquirlte. »Ick hole dir gleich en Tablet, dann kiekst du nach der Nummer und dann isst du erstmal was, damit du wieder zu Kräften kommst.«

Der Wodka der letzten Nacht stieg Marie unweigerlich die Speiseröhre hoch. »Ich habe keinen Hunger!" »Ach papperlapapp«, sagte der Brummer lachend und schwang dabei ihre massigen Hüften aus dem Zimmer.

*

»Schwester Gisela? Ist alles in Ordnung?«, fragte Marie ernsthaft ergriffen.

»Jott spielt en seltsamet Spiel«, wiederholte Schwester Gisela. Dann sah sie Marie an und umfasste mit ihren wurstigen Fingern ihre Schultern, als würde sie Marie wachrütteln wollen: »Ick dürfte dir dit eigentlich nicht erzählen, aber ick hatte auch mal ene Tochter! Was ick jeben würde, wenn die noch leben täte! Mene Klene wollte leben, aber der liebe Jott hatte andere Pläne für sie…« Eilig bekreuzigte sich der Brummer. Ihre Gesichtszüge wurden wieder weich. »Marie, du bist so en liebes Mädchen. Dit Leben hat so viel Schönes zu bieten! Ejal was war, du darfst nicht ufjeben, hast du dit verstanden?« Sie schaute Marie eindringlich an und zog sie in ihre Arme, sodass Marie zwischen den warmen Speckrollen versank.

»Es ist Ihre Entscheidung«, drängten die Worte des Professors wieder in Maries Ohren – gepaart mit der Wärme des Brummers. Ein seltsames Gefühl breitete sich in ihr aus – ein Gefühl von *Hoffnung*.

77

NEUN

Arbeitszimmer: Bücher, Akten, Schreibutensilien.
Schlafzimmer: Kleidung, Schuhe, Bettwäsche.
Wohnzimmer: Brettspiele, Urkunden, Kleinkram.
Bad: Waschzeug, Handtücher, Sonstiges.

Kurz und bündig beschrieben und mit Packband versiegelt, standen die Umzugkartons aufeinandergestapelt auf dem Boden neben seinem Kleiderschrank. Er saß in der Mitte des Raums und drehte sich auf dem Bürostuhl im Kreis, sein Jugendzimmer, in dem er die meisten Stunden seines Lebens verbracht hat, eingehend begutachtend:

Die Möbel sind aus Kiefernholz gearbeitet, altmodisch, aber robust. An der rechten Wand steht sein Schreibtisch, den seine Eltern noch vor seiner Einschulung für ihn gekauft haben. Die vielen Stunden, in denen er an ihm gelernt hat, haben ihre Spuren hinterlassen: Das Holz ist von Einkerbungen, Tintenflecken und

Kratzern gezeichnet. Kein einziges Buch, kein einziges Blatt Papier, kein einziger Stift liegen mehr auf der Tischplatte. Es war das erste Mal, dass er seinen Schreibtisch so sah – vereinsamt.

Er betrachtete die Wände. Ihm fiel auf, wie vergilbt die Farbe mittlerweile geworden war. Nur die rechteckigen Abdrücke, die die abgehängten Bilderrahmen hinterlassen haben, zeugen noch von dem strahlenden Weiß, mit dem der Raum einst gestrichen wurde. Links und rechts neben seinem Schreibtisch stehen zwei Regale mit nur noch einer Handvoll Büchern darin. Am Fenster hängen immer noch dieselben blau-rot-karierten Gardinen, die seine Mutter ihm als Jugendlicher besorgt hat. Sein Kleiderschrank hat kaum eine Schramme, der lange Spiegel ist streifenfrei geputzt. Neben ihm steht ein Terrakottatopf, in der eine hüfthohe Palme eingepflanzt ist. Ihre Blätter leuchten in einem satten Grün.

Er rollte zu seinem 1,40 Meter breiten Bett. Aus Platzgründen hatte er es direkt in die Ecke gestellt, sodass man nur von einer Seite und über das Fußende hineinsteigen konnte: Die Matratze ist mit einem Schonbezug überzogen, auf ihr liegt das in Plastiksäcken verstaute Bettzeug. Neben dem Bett steht ein Nachtschrank mit einer kleinen Lampe darauf. Der runde Fuß ist gelb lackiert. Der ovale Schirm ist mit hellblauem Stoff bezogen, der mit einem Muster von weißen Möwen bedruckt ist. *Schade, dass ich die nicht mitnehmen darf.*

»Aaaaron«, gellte die Stimme einer Frau plötzlich durch den Flur. »Ich bin in meinem Zimmer, Katharina!«, rief Aaron, erhob sich und schob seinen Bürostuhl unter den Schreibtisch.

»Ah, da bist du ja! Hast du alles fertig gepackt?«

»Ja, alles abfahrbereit«, antwortete Aaron, während er zu seinem Nachtschrank ging. »Und die darf wirklich nicht mit?« Er hob die Lampe mit den weißen Möwen hoch.

»Wir haben das doch besprochen«, stöhnte seine Freundin, »Die passt nun wirklich nicht zu unserer Einrichtung! Außerdem ist das unsere erste gemeinsame Wohnung, da will ich nicht so ein altmodisches Zeug haben.«

Aaron stellte die Lampe zurück auf ihren Platz. Er musterte seine Freundin, wie sie auf ihren schwarzen Pumps mit Pfennigabsatz durch sein Zimmer klackert, und sämtliche Türen und Schubläden öffnet, einen kritischen Blick hineinwirft und sie wieder zuschiebt. Ihr honigblondes Haar ist aalglatt zu einem strengen Dutt gebunden. Filigrane Süßwasserperlen zieren ihre Ohrläppchen, auf ihren voluminösen Lippen glänzt ein durchsichtiger Gloss, die Wimpern sind dezent getuscht. Ihre schlanke Figur ist in einem schwarzen Kostüm in Szene gesetzt. Dazu trägt sie eine cremefarbene Seidenbluse mit großflächigen Rüschen am Dekolleté, die ihren Busen viel größer wirken lässt, als er in Wirklichkeit ist.

»Ich freue mich so für dich«, sagte Katharina und legte ihre Hände um Aarons Hals. »Habe ich dir das eigentlich schon gesagt?« Sie streichelte zärtlich über seinen Nacken. »12 Punkte… Das ist einfach der Wahnsinn! Jurist mit Prädikatsexamen. Meine Eltern sind dermaßen stolz, die können es kaum abwarten, dich endlich ihren Freunden vorzustellen…« Katharina lachte und gab Aaron einen Kuss auf den Mund. »Ihr Schwiegersohn in spe wird Richter…« Sie zwinkerte ihm kokett zu und ging zur Tür: »Wir sehen uns dann um sieben im *Châteaux*! Meine Eltern haben einen traumhaften Empfang für dich organisiert, also verspäte dich bitte nicht.«

»Wann habe ich mich je verspätet?«, fragte Aaron genervt.

»Ich sag's ja nur«, konterte seine Freundin und ging hinaus. »Guck nochmal unterm Bett nach… da vergisst man immer was!«, hörte er sie aus der Ferne rufen, bevor der Riegel ins Schloss fiel und er wieder allein war – allein in seinem Jugendzimmer, in dem nur noch das Mobiliar aus Kiefernholz die Stellung hielt.

Aaron kniete sich vor sein Bett und lugte unter das Gestell. Er scannte den Boden ab, bis sein Blick auf etwas Viereckigem kleben blieb, das ganz hinten in der Ecke lag. Er kroch unter das Bett und fischte es hervor. In seinen Händen hielt er eine schwarze Schachtel, auf dem sich eine dicke Schicht Staub gebildet hatte. Er pustete den grauen Schleier weg und nahm den Deckel ab. Augenblicklich rauschte eine Welle tiefer Wehmut durch seine Glieder, wie er sie seit langem nicht mehr verspürt hatte. Er nahm das Bild, das in der Schachtel lag, und drückte vorsichtig mit seinen Fingerkuppen auf den Rahmen. *Die Gänseblümchen lösen sich schon ab*, dachte er. Unter dem Bild lag ein zerknülltes Stück Papier. Er faltete es vorsichtig auseinander und strich es glatt. Seine Augen wanderten über die Schrift. Mit jedem Wort, das in seinen Geist drang, erinnerte er sich an *sie*: an ihre saphirblauen Augen, in denen sich sein Blick verlieren konnte wie ein Raumschiff in den Weiten des Universums. An ihr volles Haar, das sie immer zu einem Pferdeschwanz gebunden hatte, der locker auf ihren Schultern baumelte. An ihre kurvige Silhouette mit üppigem Busen und deutlichem Bauchansatz, was sie aber nicht davon abhielt, ihren Körper in engen Kleidern und Röcken zur Schau zu stellen. Er erinnerte sich an ihre Stimme, die kraftvoll und energiegeladen war, und mit der sie die Wörter wie ein Patronenfeuer hinausschoss, wenn sie sich für etwas begeisterte oder über etwas aufregte. Er erinnerte sich, wie sie ihn immer zum Lachen brachte und ihm schmutzige Witze erzählte, ohne jegliches Schamgefühl. Vor allem aber erinnerte er sich daran, wie er sich in ihrer Gegenwart fühlte: *lebendig*!

Aaron ließ sich rücklings auf sein Bett fallen, direkt zwischen die gelben Plastiksäcke, die durch das Gewicht auseinanderschellten. Er presste Maries Brief fest an seinen Brustkorb und rief sich den Tag vor sechs Jahren ins

Gedächtnis, als er die Zeilen darauf das erste Mal gelesen hatte…

Seine Augäpfel zuckten, das Hier und Jetzt trat langsam in sein Bewusstsein. Hatte er letzte Nacht nur geträumt? Hatte sie ihn geküsst? Hatte er ihr wirklich seine Liebe gestanden? Schlaftrunken tastete er mit seinen Händen nach Marie. Die Seite neben ihm war leer. Er fuhr hoch als wäre er vom Blitz getroffen. Sein Zimmer war verlassen, Maries Sachen verschwunden. Er schnappte sich sein Handy, zwei Nachrichten, keine von ihr. Sein Herz prügelte wie wild gegen seinen Brustkorb. Die Bilder der letzten Nacht schossen durch seinen Kopf, eine sekundenschnelle Abfolge im Vorspulvorgang:

Sie auf dem Bordstein.
Ihr düsterer Blick.
Bunte Lichter in der Nacht.
Der Halt an der Tankstelle.
Morgenröte über den Dächern.
Herunterlassen der Rollläden.
Sie in ihrer Unterwäsche.
Seine Finger um ihre Handgelenke.
Er auf dem Boden.
Sie auf dem Boden.
Ein Kuss.
Ich liebe dich.
Nichts!

Er sprang von seinem Bett auf und wählte ihre Nummer: »Der Teilnehmer ist im Moment nicht zu erreichen. Bitte versuchen Sie es später noch einmal!« Er stürmte zum Schrank, zog eine Hose vom Bügel und riss ein T-Shirt aus dem sorgfältig gestapelten Berg von Oberteilen, der durch sein ungestümes Pflügen in sich zusammenfiel wie ein Kartenhaus. Gerade, als er zur Tür rauswollte, sah er ihn, auf seinem Schreibtisch, unter seinem Füllhalter: Maries Brief. Sein Atem gefror. Es war, als könnte er ahnen, dass das Stück Papier, das dort halbherzig zusammengefaltet auf der Tischplatte lag, sein Leben von jetzt auf gleich für immer verändern würde.

Seine Hände fingen an zu zittern, als er zum Schreibtisch ging und von oben auf das Blatt hinunter blickte. *AARON.* Sein Name stand in Großbuchstaben vorne drauf. Er bewegte sich nicht. Er wollte den Brief nicht lesen. Er wollte nicht wissen, dass sie ihn nicht liebte. Es dauerte Stunden, in denen er unzählige Male ihre Nummer wählte, bis er das Stück Papier endlich aufklappte. Seitdem hatte er nie wieder von ihr gehört.

Lieber Aaron,

wenn du diesen Brief liest, dann bin ich schon
in Berlin. Mich hält in Frankfurt nichts mehr.
Sei mir nicht böse, dass ich mich nicht
verabschiede, aber du kannst nicht ewig versu-
chen mich zu retten, hörst du?
Ich bin nicht gut für dich. Du musst andere
Leute kennenlernen! Vergrab dich nicht nur in
deine Bücher... Such dir Freunde und geh raus,
lebe dein Leben. Ich weiß, dass du Großartiges
erreichen wirst!
Du bist der beste Mensch, den ich kenne, Aaron!
Wirklich. Das meine ich ernst. DER BESTE
MENSCH.
Ich werde dich immer lieb haben, mein Freund!

Deine Marie

Sechs Jahre, grübelte Aaron. Die Fragen überschlugen sich in seinem Kopf: Wo sie jetzt wohl ist? Was sie jetzt wohl macht? Hat sie einen Freund? Ob sie noch an ihn denkt? Er überlegte, ob er genug getan hatte, um sie zu finden. *Ja, habe ich!* Hatte er sie nicht x-mal angerufen und ihr dutzende Textnachrichten geschrieben, bis ihre Nummer plötzlich nicht mehr erreichbar war? War er nicht damals für sein Praktikum extra nach Berlin gegangen, in der wahnwitzigen Hoffnung ihr *irgendwo, irgendwann* ganz zufällig über den Weg zu laufen? Er richtete sich auf und schob seine Brille zurecht. Ja, er hatte genug getan! Sie wollte ihn nicht, Katharina dagegen schon.

Er hatte seine Freundin im vierten Semester bei einer Quizrunde im Café Koz kennengelernt. Katharina studierte Medizin und war ganz anders als Marie. Bodenständig und zuverlässig, zielstrebig und beherrscht. Man könnte auch sagen ein wenig prüde und spießig. Aber vielleicht war *er* das ja auch, redete sich Aaron ein, und vielleicht passten er und seine Freundin deswegen so gut zusammen. Viel besser als er und Marie es je getan hätten. Siche, es war keine Liebe auf den ersten Blick. Es waren nicht die großen Gefühle, wie er sie bei Marie verspürt hatte, aber er mochte Katharina und sie hatten vieles gemein: Sie studierten beide; sie wohnten beide in Frankfurt; sie besuchten beide gerne Spieleabende. Vielleicht reichte das ja… Vielleicht reichte das für ein ganzes Leben!

Aaron faltete den Brief Maries zusammen und legte ihn zurück in die Schachtel. Sein Blick fiel wieder auf seine Nachttischlampe. *Du hättest mir erlaubt, die Lampe mitzunehmen!*

ZEHN

»Hallo Margarethe!«, rief er der Mutter seiner Freundin zu, als sie mit offenen Armen auf ihn zugestürmt kam. »Ich bin so stolz auf dich, mein Sohn! Komm, ich will dich meinen Freundinnen vorstellen…«

»Mama… Jetzt lass Aaron doch erstmal ankommen«, tadelte Katharina ihre Mutter und entwendete Aaron aus ihrem Griff. »Außerdem: *Noch* ist er nicht dein Schwiegersohn!«

»Ja, ja…«, entgegnete Katharinas Mutter, »aber das ist ja hoffentlich nur noch eine Frage der Zeit.« Sie zwinkerte den beiden zu und eilte in den Festsaal.

Aaron legte seinen Mantel ab, faltete ihn über seine Arme und seufzte: »Vielleicht sollten wir wirklich einfach heiraten!«

»Dein Ernst?«, lachte Katharina, nahm Aarons Mantel und hing ihn an die Garderobe.

»Ja, warum nicht? Ich muss doch nur noch durchs Referendariat und du bist auch bald fertig mit dem

Studium. Wir ziehen zusammen, deine Mutter kann es eh kaum noch erwarten…«

»Du machst doch Witze!«

»Nein, ich meine es todernst!« Zärtlich legte Aaron seine Hände auf Katharinas Schultern und schaute sie entschlossen an. Er meinte es so, wie er sagte. Was hatte er auch zu verlieren? Ein Leben mit Marie würde es nicht geben. Wie oft hatte er fantasiert, dass sie erkennen würde, dass er der Richtige für sie sei, dass er sie lieben würde, wie es kein anderer täte. Wie viele Male hatte er sich als Jugendlicher und auch später, als Marie längst nicht mehr in Frankfurt war, ihre Zukunft ausgemalt? Sie lebten dann in einem Pippi-Langstrumpf-Haus, so wie es sich Marie als Kind gewünscht hatte. Sie bekämen drei oder vier Kinder, eine große, glückliche Familie. Sie wäre das Bunt in seinem schwarz-weißen Dasein gewesen. Wenn er ehrlich war, war dieser Traum schon lange aus-geträumt. PUFF, VORBEI! Dann bliebe sein Leben halt nur schwarz-weiß. Na und? *Vielleicht reichte das ja!*

»Also wenn *das* dein Heiratsantrag sein soll… dann lehne ich dankend ab!«, empörte sich Katharina und schob Aarons Hände von ihren Schultern.

»Wir wollen doch eh irgendwann heiraten… Also wo-rauf noch warten?«

»Was ist denn los mit dir? Ist vorhin irgendwas pas-siert?«

Ja, es war was passiert. Oder besser gesagt *wer*. Marie war wieder präsent, wie ein hartnäckiger Ausschlag, der immer wieder zurückkehrt, egal was man macht, um ihn loszuwerden.

»Sei doch einfach mal spontan! Heute wäre der perfekte Moment unsere Verlobung zu verkünden.« Mit beiden Händen packte er Katharinas Kopf, zog sie an sich und gab ihr einen Kuss, dessen lautes Schmatzen durch den Raum schnalzte.

»Meine Haare…« Genervt schubste Katharina ihn weg. »Du bist ja nicht mehr bei Sinnen!«

Resigniert drehte Aaron sich um und umklammerte mit beiden Händen die Garderobenstange. Er hämmerte seine Stirn wieder und wieder gegen die Stange. War er das nicht? Bei Sinnen?

»Die Gäste warten schon«, sagte Katharina gereizt, rückte vorsichtig ihren Dutt zurecht und ließ ihn ohne ein weiteres Wort stehen. Aaron schaute seiner Freundin nach. Natürlich hatte sie Recht. Er war verrückt zu glauben, dass sie seiner plötzlichen Eingabe zustimmen würde. Mit hängenden Schultern und dem Antlitz Maries vor seinen Augen trottete er Katharina nach.

Im Festsaal hatten sich bereits zahlreiche Menschen versammelt. Menschen, die Aaron zum größten Teil noch nie gesehen hatte. Ärzte, Politiker, Bänker – Freunde und Bekannte von Katharinas Eltern, die als Herzchirurg und ehemalige Sozialdezernentin feste Größen in Frankfurts Bourgeoisie waren. Aaron hatte sich auf derartigen Veranstaltungen nie wohl gefühlt, oberflächlicher Smalltalk war ihm überdrüssig, wollte er doch Größeres bewirken und seine Zeit nicht auf Dinnerpartys vergeuden. Dieses Mal konnte er sich allerdings nicht drücken, schließlich hatten Katharinas Eltern ihm zu Ehren unbedingt eine Feier organisieren wollen. »Diesen Wunsch kannst du ihnen auf keinen Fall abschlagen«, hatte seine Freundin zu ihm gesagt, als sie ihn über das Vorhaben ihrer Eltern informierte. Es kam ihm vor, als solle er nun, da er sein Studium erfolgreich abgeschlossen hatte, in die höhere Gesellschaft eingeführt werden – in einen elitären Kreis, von dem er eigentlich kein Teil sein wollte.

»Da bist du ja endlich, Aaron!... Sophia, Annegret: Das ist mein Schwiegersohn in spe und zukünftiger Richter… Aaron: Das sind Frau van Bergen und Frau Lorenz.«

»Ach Margarethe, der junge Mann kann uns gerne beim Vornamen nennen«, betonte eine der Frauen, während sie Aaron die Hand schüttelte.

»Schön, Sie kennenzulernen...???« Fragend wanderten Aarons Augen zwischen den beiden Frauen hin und her. »Sophia!«, half ihm eine auf die Sprünge. »Sophia«, beendete Aaron seinen Satz.

»Du bist also der junge Mann, der als Bester seines Jahrgangs abgeschlossen hat? Gratulation!«

»Vielen Dank«, entgegnete Aaron verlegen.

Warum musste ihm der Brief Maries wieder in die Hände fallen? Er nahm sich ein Glas Sekt von dem Tablett, mit dem ein Kellner durch den Raum flanierte, und kippte es in großen Schlucken runter, während der

Lobgesang von Katharinas Mutter und ihren Freundinnen an ihm vorbeizog wie ein großer Vogelschwarm. Glücklicherweise hatte er schon immer das Talent gehabt, freundlich zu nicken und ab und zu »Ja« oder »Aha« zu sagen, so als ob er dem Gespräch interessiert lauschen würde, während er in Wirklichkeit mit seinen Gedanken ganz woanders war. Jetzt, in diesem Moment, bei Marie. Szenen der gemeinsamen Kindheit und Jugend kamen plötzlich über ihn, sie schlugen ein wie eine Abrissbirne in ein Mauerwerk. Jahrelang hatte er es geschafft, jeden Gedanken an Marie im Keim zu ersticken. Jahrelang war es ihm gelungen, den Schmerz über ihren Verlust zu unterdrücken. Jahrelang hatte er sich mit der Beziehung zu Katharina zufrieden gegeben. Warum funktionierte das plötzlich nicht mehr? *Reiß dich gefälligst zusammen, verdammt!* Er schnappte sich ein weiteres Glas und exte es hinunter als wolle er die Bilder in seinem Kopf wegspülen!

»Sie haben ja einen gehörigen Durst, junger Mann!« Erst jetzt bemerkte Aaron, dass das Geplapper aufgehört hatte und die Frauen ihn verblüfft anstarrten. Das Gesicht von Katharinas Mutter war rot angelaufen. Worüber hatten sie bloß geredet? Er hatte absolut keine Ahnung…

»Alles in Ordnung, Aaron?«, fragte Katharinas Mutter beschämt.

»Ähm… Entschuldigt mich bitte«, lenkte Aaron ab und eilte durch die Menge auf die Terrasse – die verdutzten Blicke der drei Frauen in seinem Rücken.

Die Sonne stand tief, eine frühherbstliche Kälte lag in der Luft. Sie tat ihm gut. Er wollte allein sein, sich sortieren. Er schüttelte seine Arme und Beine aus, wippte seinen Kopf hin und her und atmete tief ein und aus. *Du schaffst das, du schaffst das! Komm schon,* feuerte er sich innerlich an. Plötzlich spürte er eine Hand auf seiner Schulter. Erschrocken drehte er sich um.

»Na, willst du dich auch hier verstecken?«

»Puh! Du bist es nur…«, seufzte er erleichtert. Vor ihm stand sein Vater und lächelte ihn an. »Ja, ich… ach, ich musste einfach mal an die frische Luft!«

»Das verstehe ich«, raunte Aarons Vater und zog dabei seine Hosenträger vor und zurück, so wie er es immer tat, wenn er sich in einer Situation unwohl fühlte:

Er zupfte an seinen Hosenträgern, als er seinem siebenjährigen Sohn erklären musste, dass nicht die Zahnfee das Zwei-D-Mark-Stück unter das Kissen legte, sondern er selbst, nachdem Aaron eine Schatulle mit seinen Milchzähnchen im elterlichen Schlafzimmer gefunden hatte. Er zupfte an seinen Hosenträgern, als er den Auftrag seiner Frau bekommen hatte, Aaron zu erklären, dass es ganz normal sei, im Schlaf zu ejakulieren, nachdem Aaron als Zwölfjähriger seinen ersten feuchten Traum hatte und dabei erwischt wurde, wie er die befleckten Laken mit Chlorreiniger waschen wollte. Und er zupfte an seinen Hosenträgern, als er Aaron vor dreieinhalb Jahren mitteilen musste, dass seine Mutter unheilbar an Krebs erkrankt war.

»Wovor läufst du davon?«, fragte sein Vater.

»Katharinas Mutter und deren Freundinnen… Und du?«

»Katharinas Vater und *dessen* Freunde!«

Beide fingen an laut zu lachen. Sie kringelten sich beinahe vor Vergnügen. Jedes Mal, wenn sie im Begriff waren, aufzuhören, lachte einer wieder los und der andere konnte nicht anders, als miteinzustimmen. Es dauerte eine Weile, bis beide sich wieder gefangen hatten. Es war lange her, dass Aaron so herzhaft gelacht hat. Genau genommen Jahre. Er überlegte, wann es war. Er erinnerte sich nicht. Wann hatte er aufgehört, glücklich zu sein? *Wirklich* glücklich? Als seine Mutter starb? Oder war es nicht schon viel früher gewesen? Nämlich als ihm klar wurde, dass Marie nicht zurückkommen würde. Hatte er dann aufgehört glücklich zu sein?

Aaron musterte seinen Vater, wie er über das Terrassengeländer lehnt und über den weit angelegten Garten auf die Fassaden Frankfurts blickt. Er war alt geworden. Auf seinem blanken Kopf tummelten sich bereits einige braune Flecken, nur an den Seiten schlängelten sich noch ein paar Haare entlang. Seine Plauze war in den letzten Jahren noch größer geworden, während er in der Länge immer kleiner wurde. Auf seiner Nase saß immer noch die gleiche runde Brille, die er schon hatte, als Aaron eingeschult wurde. Er trug ein weißes Hemd mit einer braunen Weste darüber und einer karierten Fliege am Kragen. Dazu eine braune Cordhose und rote Hosenträger. Viel hatte er optisch nicht von seinem Vater geerbt; außer vielleicht das Haar, überlegte Aaron… *Meins wird auch immer dünner*. Und die Augen. Wie sein Vater hatte auch Aaron eine braun-grüne Iris, eine *eigenartige, aber schöne Farbe*, wie Marie zu sagen pflegte. Ansonsten kam er aber eindeutig nach seiner Mutter: groß, schmal und feingliedrig.

Ob er gerade an Mama denkt? Seine Eltern waren fast fünfzig Jahre zusammen – bis zum Tod seiner Mutter vor zwei Jahren. Sie hatten sich in der Schule kennengelernt und es hatte nicht lange gedauert, bis die beiden ein Paar wurden. Da war Aarons Mutter vierzehn und sein Vater gerade volljährig. Kurz nach dem achtzehnten Geburtstag seiner Mutter hatten seine Eltern geheiratet und seitdem beinahe keinen Tag getrennt voneinander verbracht. Als Aaron auf die Welt kam, war seine Mutter bereits neununddreißig und sein Vater dreiundvierzig. Über fünfzehn Jahre hatten sie vergeblich versucht, ein Kind zu bekommen, bis es schließlich doch noch klappte – da hatten sie die Hoffnung längst aufgegeben. »Mein Geschenk des Himmels« hatte Aarons Mutter immer zu ihm gesagt, wenn sie ihm mit strahlenden Augen zum Geburtstag gratulierte. Aaron hatte immer gespürt, dass seine Eltern ihn liebten und sie einander. Er konnte sich nicht daran erinnern, dass sie sich je stritten. Und wenn, dann müssen sie es im Verborgenen getan haben. Seine Eltern lachten und weinten miteinander. Sie sorgten sich umeinander und als Aarons Mutter krank wurde, ließ sein Vater sich pensionieren, um voll und ganz für seine Frau da sein zu können. Könnte seine Beziehung mit Katharina nicht auch so verlaufen wie die seiner Eltern? Brauchte es dazu *Liebe*? Oder reichte das, was sie hatten?

»Papa…«, sagte Aaron leise, »Darf ich dich mal was fragen?«

»Was denn, mein Junge?«

»Glaubst du, dass Katharina die Richtige für mich ist?«

»Wieso fragst du mich das?«

»Einfach so…«, antwortete Aaron und rieb seine Daumen und Zeigefinger aneinander, so wie *er* es immer tat, wenn er nervös war.

»Ich will ihr einen Antrag machen. Oder… Naja… Ich überlege…«

»Du überlegst?«

»Ja, ich überlege… Wir sind seit über vier Jahren ein Paar, wir ziehen zusammen. Es spricht doch eigentlich alles dafür, meinst du nicht?«

»Aaron, du weißt, dass ich dich immer unterstütze. Wenn du sie heiraten willst, dann…«

»Das ist nicht der Punkt, Papa«, unterbrach Aaron seinen Vater, »Ich will wissen, was *du* denkst! Denkst du, dass ich Katharina heiraten sollte?«

Aarons Vater hielt einen Moment inne. Dann legte er eine Hand auf Aarons Schulter: »Ich denke, wenn du das Mädchen wirklich lieben würdest, dann würdest du mich nicht fragen, ob du sie heiraten sollst.«

Aaron hatte geahnt, dass sein Vater so etwas in der Art sagen würde, und doch hatte er sich eine andere Antwort erhofft. Frustriert scharrte er mit seinen Füßen über den Boden.

»Aber Liebe ist doch nicht alles, Papa! Du und Mama – das ist die Ausnahme von der Regel. Wichtiger ist, dass man die gleichen Ziele hat, die gleichen Interessen, dass man sich charakterlich ähnlich ist! Was nützt die Liebe, wenn man sonst nichts gemein hat?«

Aarons Vater wusste, dass sein Sohn damit auf Marie anspielte. Er und seine Frau hatten Marie geliebt wie eine eigene Tochter. Als Aaron sie eines Tages von der Schule mit nach Hause brachte, waren seine Eltern erleichtert gewesen. Bis dahin war ihr Sohn ein Einzelgänger gewesen, der oft von seinen Mitschülern gehänselt wurde. Und obwohl sie stolz waren, dass Aaron fleißig für die Schule lernte und seine Nase am liebsten in Bücher steckte, bereitete es ihnen Sorgen, dass er keinen richtigen Freund hatte und die Nachmittage meist allein verbrachte. Dann aber, da war Aaron zehn Jahre alt, brachte er plötzlich dieses lebensfrohe Mädchen in blauer Latzhose und rot-pink-gestreiften T-Shirt mit nach Hause. Fortan konnten sie förmlich dabei zusehen, wie ihr Junge aufblühte. Immer, wenn er mit Marie zusammen war, hörten sie ihr Kind lachen. Es war ausgelassen und glücklich. Natürlich bemerkten sie auch, wie ihr Sohn sich in Marie verliebte, als er in die Geschlechtsreife kam. Insgeheim hatten sie gehofft, dass ihrem Sohn das gleiche Schicksal vergönnt war wie ihnen selbst. Doch dann verschwand Marie eines Tages aus Frankfurt und mit ihr Aarons Freude. Nur noch selten hörten sie ihren Sohn lachen. Er vergrub sich in seine Bücher und konzentrierte sich geradezu verbissen auf sein Studium. Das änderte sich auch dann nicht, als er Katharina kennenlernte. Künftig verbrachte er zwar die Abende nicht mehr allein, aber das Leuchten in seinen Augen war dennoch nicht wieder zurückgekehrt.

»Weißt du, mein Junge, es ist genau andersherum: Was nutzen Gemeinsamkeiten ohne die Liebe?«

Wieder eine Antwort, die Aaron nicht zufriedenstellte.

»Wer sagt, dass ich Katharina nicht liebe? Okay, vielleicht nicht *so*, wie du und Mama euch geliebt habt, aber ich mag sie. Katharina ist großartig! Sie ist klug und intelligent, sie ist… naja, sie ist…« Aaron gingen die Argumente aus.

»Aaron«, sagte sein Vater, »Katharina ist ein nettes Mädchen. Du weißt, dass ich sie gern habe. Aber ich sehe doch, dass sie dich nicht glücklich macht. Weißt du, was deine Mutter zu mir gesagt hat, bevor sie gestorben ist?«

Aaron zuckte zusammen. Seit seine Mutter verstorben war, sprach sein Vater nie über seine Mutter. Jeden Sonntag kaufte er frische Blumen und besuchte ihr Grab. Er pflegte es mit Hingabe, aber er verlor kein ein einziges Wort über sie.

»Ich habe dir das nie erzählt, aber die größte Sorge deiner Mutter war, dass du nicht glücklich bist!«

Aaron musste schlucken. Seine Mutter und er hatten sich immer sehr nah gestanden, doch dass sie sich vor ihrem Tod derart um ihn sorgte, hatte er nicht geahnt. Es betrübte ihn, dass er es nicht bemerkt hatte. Warum hatte sie ihre Angst nicht mit ihm geteilt? Oder hatte sie das und er hatte nicht zugehört? Nicht, weil er nicht zuhören wollte, sondern weil er es nicht konnte?

Aarons Mutter war eine große, sportliche Frau gewesen. Sie überragte Aarons Vater gar um einen ganzen Kopf, aber das hatte sie nie gestört. Äußerlichkeiten hatten für sie nie eine Rolle gespielt. Sie erfreute sich an jeder neuen Falte in ihrem Gesicht, besonders an denen um ihre Augen. Statt *Krähenfüße* nannte sie sie liebevoll »meine Glücksfüßchen«, schließlich kämen diese vom vielen Lachen und das bedeutete, dass sie ein glückliches Leben geführt hatte. Selbst, als bei seiner Mutter Darmkrebs im Endstadium diagnostiziert und ihr eine Lebenserwartung von nur sechs Monaten prognostiziert wurde, hörte sie nicht auf zu lachen. Im Gegenteil: Sie schien jede Minute, die ihr blieb, auskosten zu wollen. Als ihr die Haare langsam ausfielen, rasierte sie sie kurzerhand ab und sagte kichernd zu Aaron: »Jetzt sehe ich deinem Vater endlich ein bisschen ähnlicher!« Ja, seine Mutter ist eine beeindruckende Frau gewesen, immer positiv, immer einen lustigen Spruch auf den Lippen. Bis zum Schluss. Sie hatte mit Chemotherapie – und mit ihrer unbändigen Lust am Leben, davon war Aaron überzeugt – noch eineinhalb Jahre länger gelebt als die Ärzte vorausgesagt hatten. Nachdem sie aber endgültig austherapiert war und sich der Krebs durch den ganzen Leib gefressen hatte, setzte auch bei seiner Mutter der körperliche Verfall schlagartig ein. Erst jetzt schien Aaron zu begreifen, dass seine Mutter sterben würde: Innerhalb weniger Wochen fielen ihre Wangen ein, sie magerte bis auf die Knochen ab, ihre Haut war fahl und trocken, und es schien ihm fast, als wäre sie plötzlich kleiner als sein Vater, da sie nur noch gebeugt und mit Hilfe ein paar Schritte gehen konnte. Sie kam Aaron vor wie ein wandelndes Skelett aus einem Gruselkabinett. Und obwohl seine Mutter noch Witze über ihren Zustand riss, merkte Aaron, dass ihr Lächeln ein unter Schmerzen mühsam abgerungenes Lächeln war. Er konnte ihren Anblick am Ende kaum ertragen, die meiste Zeit des Tages verbrachte er beim Lernen in der Bibliothek oder bei Katharina; Hauptsache nicht zuhause, Hauptsache nicht bei seiner Mutter, die nur noch ein Schatten ihrer selbst war. Er schämte sich, dass er nicht mehr Zeit mit ihr verbracht hatte. Seine Mutter und auch sein Vater hatten ihm das glücklicherweise nie übel genommen; sie wussten, dass ihr Sohn den nahenden Verlust seiner Mutter nicht anders bewältigen konnte. Dennoch machte sich Aaron jetzt

Vorwürfe, dass er nicht gemerkt hatte, wie sehr sich seine Mutter vor ihrem Tod um ihn gesorgt hatte.

»Warum hat Mama mir das nicht gesagt, Papa? Warum hast *du* mir das nicht gesagt?«

»Wir wollten dich nicht belasten.«

»Aber ich hätte Mama doch sagen können, dass sie sich keine Sorgen machen muss… Ich hätte ihr sagen können, dass ich glücklich bin…« Tränen stiegen in ihm auf.

»Du warst noch nie gut im Lügen!«

Sein Vater hatte recht.

»Aaron, deine Mutter wollte einfach, dass du glücklich bist… Wir beide wollen das! Ob das mit Katharina ist oder mit einem anderen Mädchen« – er spielte wieder auf Marie an – »ist am Ende egal. Solange du glücklich bist. Das ist der Sinn des Lebens, mein Junge. Deine Mutter und ich waren glücklich; auch dann noch, als sie im Sterben lag… denn wir hatten ein gutes Leben zusammen… ein erfülltes Leben! Und mein Gott, was haben wir zusammen gelacht.«

Sein Vater begann erneut zu prusten und wischte sich dabei eine Träne aus den Augenwinkeln. Aaron legte den Arm um ihn. Schweigend beobachteten sie, wie die letzten Strahlen der Sonne die Ziegel kitzelten, bevor die Sonne vollständig unter den Dächern der Stadt verschwand.

E L F

Sie lagen auf dem Boden, eine Zigarette in der Hand, und starrten an die Decke: Vergilbter Stuck, der großflächig abblätterte, rahmte den schweren Kronleuchter, der ebenfalls schon bessere Zeiten gesehen hatte.

»Den behalten wir aber, oder?«, fragte Marie und formte mit dem Rauch in ihren Lungen einen Ring in Richtung Lampe.

»Auf jeden Fall!«, sagte die Frau, die neben ihr lag, und es Marie gleichtat, und einen großen Kreis mit dem Dunst ihrer Kippe formte. Ein Wettkampf darum begann, wer die größten Ringe pusten konnte, bis sie in Gelächter ausbrachen und alsbald in ein kräftiges Husten.

Marie setzte sich auf, drückte die Zigarette aus und sah sich um. Ihr wurde flau im Magen, als sie das Chaos sah, das sie umgab: An den Seiten des Raums standen Tische, Bänke und Stühle, teils aufeinandergestapelt, die meisten in einem desolaten Zustand. Etliche Flaschen und Gläser lagerten auf der langen Theke und im Regal dahinter, es mussten hunderte sein. Vor dem Tresen standen einige Barhocker, dessen Leder zwar schon ziemlich abgewetzt war, die man aber sicher noch benutzen konnte. Tausende Bierdeckel und Zeitungsschnipsel waren auf dem Boden verstreut. Die Kacheln darunter ließen sich bestenfalls erahnen. Der Putz war fast vollständig von den Wänden abgebröckelt, das bräunliche Mauerwerk schimmerte deutlich hervor. Der gesamte Raum war in Staub und Spinnenweben gehüllt. Marie kam es vor, als sei sie in einer Szene aus einem Endzeitfilm gelandet, an einem vor Ewigkeiten verlassenen Ort, den seit Jahrzehnten kein Mensch mehr betreten hat.

»Fuck, Lou, hoffentlich haben wir uns mit der Scheiße hier nicht übernommen«, stöhnte Marie und ließ sich wieder neben ihre Freundin auf den Rücken sinken.

»Bollocks!«, protestierte Lou und formte erneut einen Ring mit dem Rauch aus ihrem Mund, bevor sie den Stummel ausdrückte und ihn durch den Raum schnipste. »It looks worse than it is! Wenn der ganze Dreck erst raus ist, dann ist es nur noch halb so schlimm. Du wirst schon sehen… Das Baby hier wird ein richtiges Prachtstück!«

Marie lehnte ihren Kopf an die Schulter ihrer Freundin und überlegte, woher diese wohl ihren unverdrossenen Optimismus hatte. Egal wie ausweglos eine Situation erschien oder was ihr widerfuhr, Lou glaubte immer daran, dass sich am Ende alles zum Guten wendet.

Wie Marie kam auch Lou aus schwierigen Familienverhältnissen: Sie war das Resultat einer kurzlebigen Affäre ihrer deutschen Mutter und ihres britischen Vaters, der Mitte der 80er Jahre in Berlin stationiert war. Seiner Frau und den Kindern wollte er einen Umzug in das fremde Land ersparen, für ein Jahr wären das seiner Meinung nach nur unnötige Strapazen. Aus einem Jahr wurde jedoch ein weiteres Jahr, und dann ein Drittes und ein Viertes. »Und ein Mann hat schließlich seine Bedürfnisse«, wie Lous Vater seiner Frau erklärte, als seine vierzehnjährige uneheliche Tochter plötzlich vor der Tür stand. Auf ihrem Schüleraustausch nach London hatte Lou die Gelegenheit ergriffen, um *den* Mann zu besuchen, der ihr seit ihrem ersten Lebensjahr zum Geburtstag und zu Weihnachten immer eine Karte schickte. Von da an pflegte sie ein gutes Verhältnis zu ihrem Vater – zum Ärger ihrer Mutter, schließlich hatte er sich für seine erste Familie entschieden und nicht für sie und die gemeinsame Tochter.

Lous Mutter schien nie darüber hinweg gekommen zu sein, dass ihr Geliebter nach England zurückgekehrt war, und so setzte sie ihrem Kind einen Mann nach dem nächsten vor. Sie hörte erst damit auf, als sich einer an ihrer Tochter vergriff. Da war Lou elf Jahre alt. Danach brachte sie nie wieder einen Mann mit nach Hause. Trotzdem verübelte Lou es ihrer Mutter nicht, dass einer ihrer Kerle sie monatelang missbraucht hatte; sie rechnete es ihrer Mutter im Gegenteil hoch an, dass sie ihn sofort verlassen hatte, als sie es bemerkte. Auch, dass ihre Mutter sich danach in den Alkohol flüchtete und ihre Tochter sich selbst überlies, schien Lou ihr verziehen zu haben. Für Marie war all das unverständlich gewesen. Weder der Vater noch die Mutter hatten sich um Lou gekümmert, *richtig gekümmert,* und doch hegte Lou keinen Groll gegen ihre Eltern. Warum? Warum konnte Lou ihren Eltern verzeihen und sie den ihren nicht? Warum war sie den Drogen verfallen und hatte sich das Leben nehmen wollen und Lou nicht? Bei dem, was Lou widerfahren war, hätte sie doch auch abrutschen müssen. Oder war Lou so etwas wie eine Heilige und sie dagegen ein schlechter Mensch?

»Sie sind kein schlechterer Mensch als ihre Freundin«, hatte der Professor Marie erklärt, als sie ihm von Lou erzählte. »Menschen haben schlicht unterschiedliche Resilienzen und ihre Freundin scheint ausgesprochen gut mit traumatischen Ereignissen umgehen zu können.«

Marie lernte Lou kennen, als sie nach ihrem Aufenthalt in der Psychiatrie als Putzhilfe in einem Café anheuerte. Lou schien ein Gespür für gequälte Seelen zu haben. Schon nach ein paar Tagen sprach sie Marie unverblümt darauf an, warum sie sich das Leben nehmen wollte – die Narbe am Handgelenk hatte sie verraten und wie ein Trüffelschwein hatte Lou sofort gerochen, dass diese nicht von einem Unfall rühren konnte. Sie berichtete Marie von dem Missbrauch in ihrer Kindheit, ihrer alkoholkranken Mutter und ihrem britischen Vater, der ihr trotz oder gerade wegen seiner Abwesenheit besonders am Herzen zu liegen schien. Obwohl sie ihn erst als Teenager kennengelernt hatte und sie sich nur sporadisch trafen: Lou hatte zu allem, was Englisch war, eine Affinität und brüstete sich damit, dass sie Halbbritin sei. Deswegen benutzte sie immer ein paar englische Worte – es war, als ob sie jedem damit zu verstehen geben wollte, dass in ihr zwei Herzen schlugen.

Ob es damals nun an Lous eigener Offenheit gelegen hatte oder daran, dass sich Marie nach einem Freund sehnte, einem Menschen, mit dem sie – abgesehen von ihrem Therapeuten – ihre Dämonen teilen konnte, sie hatte sich entschieden, Lou Einlass in ihr Innerstes zu gewähren.

»Let's go!« Lou sprang mit einem Satz auf und zog Marie hoch. »Ich sortiere erstmal das ganze Zeug hinter dem Tresen und du?«

Marie schaute sich um. Sie wusste nicht, wo sie anfangen sollte. Am besten erstmal Platz schaffen.

»Ich fange bei den Tischen und Stühlen an!«

Stuhl um Stuhl, Tisch um Tisch, Bank um Bank schraubte sie diese in ihre Einzelteile und schiffte sie nach draußen in den Container. Nach einer Weile war ihr das zu aufwendig und sie begann das Mobiliar zu zertrümmern, was einen angenehmen Nebeneffekt hatte: Es wirkte befreiend! Mit jedem Möbelstück, auf das sie eintrat und das sie in seine Teile zerspringen sah, fühlte sie sich leichter. Im Gefecht mit den Stühlen und Tischen erinnerte sie sich daran, wie sie vor sechs Jahren nach Berlin gekommen war, mit fünfhundert Euro in der Tasche, und einen Gelegenheitsjob nach dem anderen angenommen hatte, um sich über Wasser zu halten.

Ein Stuhl landete krachend auf dem Boden. *Unzählige Partynächte, unzählige Pillen, unzählige sexuelle Begegnungen.* Die Beine flogen durch den Raum. *Ihr Selbstmordversuch und der achtwöchige Aufenthalt in der Psychiatrie, der ihr das Leben gerettet hatte.* Eine Bank wollte nicht aus der Verankerung. *Der Augenblick, als sie sich in den Armen des Brummers entschieden hatte, dass sie es wert war, auf dieser Welt zu sein.*

Mit einem lauten Knall brach die Bank aus der Wand und Marie fiel rücklings zu Boden. Erschöpft und schnaubend lag sie da und blickte wieder zum Kronleuchter. *Ich hab's geschafft!* Sie war dabei, etwas aus sich zu machen. Sie würde mit ihrer Freundin eine Bar eröffnen, ihr eigenes kleines Business gründen. *Selbst Papa wäre bestimmt stolz...* Marie war überrascht, dass sie plötzlich an ihren Vater denken musste. In den unzähligen Therapiesitzungen, die sie gehabt hatte, war er zu Beginn stets Thema gewesen, aber mit den Jahren sprach sie zunehmend weniger über ihn, bis sie ihn irgendwann gar nicht mehr erwähnte. Es war alles über ihn gesagt. Jetzt, da ihr Vater wieder durch ihre Gedanken spukte, fiel ihr auf, dass es ihr egal geworden war, ob er stolz auf sie war oder nicht. Ob er sie liebte oder nicht.

Wann war ihr das egal geworden? Sie blätterte durch das Archiv ihres Gedächtnisses, doch sie konnte keinen bestimmten Zeitpunkt, kein bestimmtes Ereignis, ausmachen, an dem diese Gleichgültigkeit eingesetzte hatte. Vielleicht konnte es einen solchen Moment auch nicht geben, überlegte sie, vielleicht war es ein Prozess, der sich in Gang gesetzt hatte, angestoßen durch die vielen Gespräche mit dem Professor und vollendet durch die vielen schönen Erlebnisse, die sie vor allem mit Lou in den letzten Jahren gemacht hatte. Ein Lächeln fuhr über Maries Lippen. Sie zündete sich eine Zigarette an, atmete genüsslich ein und aus und beobachtete Lou dabei, wie sie sich noch immer durch das Sammelsurium an Flaschen und Gläsern kämpfte.

Lou war es gewesen, die vor zwei Jahren die Idee hatte, ein eigenes Geschäft zu eröffnen und Marie unbedingt an Board haben wollte: »Mit meinem britischen Pragmatismus und deinem kreativen Kopf kann das nur gut gehen!«

Lou hat immer an mich geglaubt, dachte Marie, *genau wie Aaron.* Der Gedanke an ihn trieb ihr plötzlich einen Schauder über den Rücken, ihr Blick wurde starr. *Sechs Jahre.* Ob er immer noch in Frankfurt lebt? Ob er eine Freundin hat? Ob er noch an sie denkt? Wie gerne hätte sie ihm erzählt, dass sie eine eigene Bar eröffnet. Wie gerne hätte sie ihm erzählt, dass sie ihr Leben wieder auf die Reihe bekommen hat. Wie gerne hätte sie ihn auf der Stelle angerufen und ihm gesagt, dass sie ihn vermisst.

»Sweetie… alles okay bei dir?« Lou hockte plötzlich vor ihr und sah sie besorgt an. Die Starrheit wich aus Maries Augen, sie hatte die Rufe ihrer Freundin nicht bemerkt.

»Aber ja doch!«, sagte sie und zog ihre Freundin mit hoch. »Ich dachte nur gerade, dass ich mir endlich ein Tattoo stechen lassen will.«

»Really?« Begeistert hüpfte Lou auf und ab und rieb aufgeregt ihre Hände.

»Really«, versicherte Marie, und nahm dabei Lous Hand und bugsierte sie in Richtung Tür.

»Really, really?«

»REALLY, REALLY!«

ZWÖLF

Erster Tag

Schon zwanzig Minuten stand er auf dem schneebedeckten Bürgersteig. Seine Füße froren. Schon zwanzig Minuten beobachtete er das Gebäude auf der gegenüberliegenden Seite. Seine Glieder schwer. Schon zwanzig Minuten versuchte er den Mut aufzubringen, die Straße zu überqueren. Seine Hände zitterten. Er pustete mehrmals kräftig hinein. *Ich hätte mir Handschuhe anziehen sollen.* Schließlich marschierte er schnellen Schrittes über die Straße. *Jetzt oder nie!*

Als er die Tür öffnete, kam ihm ein Schwall stickiger Luft entgegen, gepaart mit rockiger Musik und regem Geschwätz. Der Raum platzte beinahe aus allen Nähten, das Mobiliar aus dunklen Tischen und schwarzen Samtstühlen war in ein lilafarbenes Neonlicht gehüllt, am weißen Mauerwerk hingen riesige surrealistische Gemälde. Er quetschte sich durch die Menge in Richtung Theke. Eine Frau mit raspelkurzen Haaren stand dahinter und mixte Getränke. Sein Herz raste. *Ist sie das?* Über die Köpfe der Gäste hinweg versuchte er einen genaueren Blick zu erhaschen: Ihren Nacken zierte ein schwarzes spiralförmiges Tattoo. *Ein Symbol?* An ihren Ohren hingen riesige silberne Creolen. Sie trug eine enge, blaue Jeans und ein pinkes, rückenfreies Top. *Ist sie das?* Er drängelte sich zwischen zwei Männer hindurch direkt vor den Tresen. »Marie!«, rief er laut.

»Aaron!« Der Schock stand Marie ins Gesicht geschrieben. *Aaron.* Sie erstarrte. *Ist er das?* Es schien ihr, als würde die Zeit einen Moment still stehen. Die Musik stand still. Die Menschen standen still. Ihr Herz fing an zu beben, ihre Beine wurden weich. *Aaron. Er ist es…*

Ein Rufen holte sie aus ihrem Trancezustand. Die Musik drängte wieder in ihre Ohren, die Stimme Lous in ihren Verstand: »Pass doch auf!«, ermahnte diese sie, als sie die Scherben von den Gläsern aufsammelte, die Marie vor Schreck hatte fallen lassen.

»Sorry Lou! Ich… Ich muss mal kurz nach draußen!«

»What? Now? Die Bude ist gerappelt voll!«

»Nur ganz kurz… Ich erklär's dir später…«

Mit einem Nicken deutete Marie Aaron ihr zu folgen. Zügig drängelten sie sich durch den Pulk nach draußen. Es war dunkel, nur wenige Passanten stromerten noch durch die Nacht. Das Laternenlicht hüllte Aaron in ein sanftes Gelb. Marie musterte ihn. *Er ist es!* Er hatte sich kaum verändert. Ihre Augen sprangen hin und her, über seine braunen Winterstiefel und die beige Chino hin zu seinem kamelfarbenen Wollmantel – noch immer alles Ton in Ton. Weiter zu seinen schmalen Händen, die Arme entlang zu seinem spitzen Kinn – noch immer wuchs dort kein einziges Barthaar! Über die Nase und die Augen bis zum Scheitel – noch immer saß sein köterblondes Haar wie geriegelt und gestriegelt. Er war noch immer der gleiche schlaksige Junge wie vor zehn Jahren. Nur ein paar Geheimratsecken über den Schläfen und ein paar Falten auf der Stirn zeugten vom Rad der Zeit. Ihre Augen blieben bei den seinen stehen. *Er ist es!*

Auch Aaron inspizierte Maries Erscheinung: Ihr voller brauner Schopf – der für ihn so etwas wie ihr Markenzeichen gewesen war – war einem Sinéad O'Connor-Haarschnitt gewichen. Es stand ihr. Ihre Augen waren wie damals Schwarz umrandet, die Wimpern kräftig getuscht. Auf ihren schmalen Lippen hatte sie passend zu ihrem Top ein leuchtendes Pink aufgetragen. In ihrem Dekolleté stellten sich die Härchen auf.

»Warte…«, sagte Aaron, zog seinen Mantel aus und legte ihn Marie vorsichtig um die Schultern, ohne sie zu berühren.

»Was… Was machst du hier?«

»Ich bin auf einem Kongress«, antwortete Aaron und rieb seine Daumen und Zeigefinger.

Marie wusste, dass er nervös ist. Sie war es auch. Woher wusste er, wo sie arbeitet? Wie hatte er sie gefunden? Sie zitterte. Nicht wegen der Kälte; sie zitterte, weil er nach über zehn Jahren plötzlich vor ihr stand und sie noch *genauso* anschaute wie damals – voller Wärme, voller Liebe.

Wie oft hatte sie an ihn gedacht! Dutzende Male wollte sie ihm einen Brief schreiben, sich für ihr Verhalten entschuldigen, ihm das ›Warum‹ für ihr Handeln erklären. Doch je mehr Zeit verstrichen war, desto unsinniger war es ihr vorgekommen. Sicher wollte er nichts mehr von ihr wissen. Sicher hatte er eine Freundin oder war sogar verheiratet. Sicher hatte er sie längst vergessen. *Das hatte er nicht.*

»Du bist auf einem Kongress?«

»Ja. Ich dachte, ich komme dich bei der Gelegenheit mal besuchen!«

Marie runzelte die Stirn: »Wieso?«

Sie klang erbost. War sie das? Wahrscheinlich wollte sie ihn gar nicht sehen. Oder war sie nur überrascht? Überrascht, weil er ohne Ankündigung bei ihr auftauchte. Er konnte ihre Empfindungen nicht einordnen.

»Ich wollte… Naja… Einfach mal ›Hallo‹ sagen… Ich meine… Dich einfach mal wiedersehen«, stammelte Aaron und wendete seinen Blick verlegen ab. Für einen Moment glaubte er, einen Fehler gemacht zu haben. Dass er Marie nicht mitten in der Nacht hätte überfallen sollen. Dass er gar nicht erst nach Berlin hätte kommen sollen. Was hatte er sich bloß dabei gedacht, verdammt? Dass sie ihm um den Hals fallen und einen Freudentanz aufführen würde?

»Tut mir leid, ich… Ich hätte nicht kommen sollen!«

»Doch, doch… Das ist es nicht…«

»Marie… What the hell? Wir brauchen dich hier drin!« Lou war herausgestürmt und blieb mit verschränkten Armen im Türrahmen stehen. Sie würde nicht ohne Marie wieder hineingehen.

»Jetzt passt es nicht«, entschuldigte sich Marie bei Aaron und reichte ihm seinen Mantel, »aber morgen Nachmittag!« Sie wollte ihn umarmen, sich vergewissern, dass er kein Geist war, dass er aus Fleisch und Blut war – sie traute sich nicht.

»Morgen um drei, okay?«, wiederholte sie ihre Bitte und ging rüber zu Lou, die Aaron neugierig beäugte.

»Okay???«, rief sie ein weiteres Mal, bevor sie, ohne auf eine Antwort zu warten, zurück in die Räume der Bar entschwand.

Das war keine Frage, dachte Aaron, *das war eine Anordnung!* Sie wollte ihn wiedersehen.

Zurück im Hotel machte sich bei Aaron Erleichterung breit. Er hing seinen Mantel auf einen Bügel an die Garderobe, schnürte seine Boots auf und stellte sie nebeneinander in die Ecke. Dann ließ er sich aufs Bett fallen und stieß einen Jubelschrei aus. Eine Welle aus Euphorie rauschte durch seine Glieder; er hüpfte liegend auf und ab. *YES, YES, YES!* Immer wieder hüpfte er auf und ab, benebelt von einer Mischung aus Alkohol und Endorphinen. Nach ein paar Minuten sackte er erschöpft zusammen, die Matratze stellte ihr Schaukeln ein.

Hatte er sie wirklich wiedergesehen? Oder war es nur eine Illusion? Eine imaginäre Szene in seinem Kopf, wie er sie in den letzten Jahren so oft gehabt hatte. Er legte die Hände auf seine Augen und ließ die Ereignisse des Tages Revue passieren:

> Wie er seiner schlafenden Verlobten einen Kuss auf die Stirn gibt.
> Wie er den Zug nach Berlin nimmt.
> Wie er am Hauptbahnhof ankommt und unmittelbar an Marie denken muss.
> Wie er in ein Taxi steigt und den Gedanken an sie zu verdrängen versucht.
> Wie er aussteigt und der Gedanke an sie noch immer da ist.
> Wie er Bekannte und Fremde im Kongresszentrum begrüßt.
> Wie er im Auditorium sitzt und versucht dem Redner zu lauschen.
> Wie er seine Bemühungen einstellt und sein Handy herausfischt.
> Wie er Maries Namen in sozialen Netzwerken eingibt und sie auf einem Foto in einem Pub erkennt.
> Wie er nach der Veranstaltung ins Hotel fährt.
> Wie er mit seiner Verlobten telefoniert und dabei ein schlechtes Gewissen hat.

Wie er nach dem Telefonat beschließt, Marie endgültig zu vergessen.

Wie er sich mit Kollegen zum Abendessen trifft und nach dem vierten Glas Merlot das Restaurant verlässt.

Wie er nach Mitternacht ein Taxi herbeiwinkt und irgendwann auf dem Weg zum Hotel die Route ändern lässt.

Wie er an der Bar ankommt, in der er Marie zu finden hofft.

Wie er Minutenlang nur dasteht.

Wie er drei Mal umkehren will, dann aber doch hineingeht.

Wie er sie hinter dem Tresen erspäht, unsicher, ob sie es wirklich ist.

Wie sie sich umdreht und sein Herz fast explodiert.

Wie er sie in seine Arme nehmen will, ihr aber nur seinen Mantel umlegt.

Wie sie ihm sagt, dass sie ihn wiedersehen will.

Aaron ließ die Hände von seinen Augen gleiten und blickte zum Fenster. Der Mond strahlte voll und satt vom Himmel herab. Marie wollte ihn wiedersehen. *Sie will mich wiedersehen...* Seine Augenlider wurden schwer, sein Herzschlag beruhigte sich. Er sank in einen tiefen Schlaf.

Zweiter Tag

Er küsste Marie auf die Stirn, sie ruhte in seinen Armen auf seiner Brust. Sie lagen auf dem Bett, in völliger Blöße. Am Boden lag ihre Kleidung verteilt, im Gefecht der gegenseitigen Anziehung arglos hingeworfen. Marie griff nach einer Zigarette und zündete sie an.

»Hier ist Rauchen verboten!«, mahnte Aaron und biss ihr dabei zärtlich in die Flanke. Marie blies ihm den Dunst ins Gesicht und lachte los. Unter ihr Lachen mischte sich ein schrilles Piepen. Es piepte und piepte und plötzlich, beinahe zeitlupenartig, löste sich Marie in dem grauen Schleier auf. Das Piepen tönte lauter und lauter in Aarons Bewusstsein. Er schnappte sich sein Handy und stellte den Wecker aus.

Einen kurzen Moment hing er seinem Traum nach und fuhr mit seiner Hand über die leere Seite neben sich. *Marie!* Wenigstens *das* war kein Traum gewesen. Was für ein Wahnsinn! Er hatte sie tatsächlich gefunden und er würde sie wiedersehen – gleich heute. Aber erst brauchte er unbedingt eine Paracetamol, sein Kopf hämmerte wie ein Schlagbohrer. Er hatte bei auswärtigen Terminen stets eine Packung dabei, schließlich tendierte er im Anschluss an solche Events, ein wenig mit dem Alkohol über die Stränge zu schlagen. Gierig schluckte er eine Tablette mit einer halben Flasche Wasser hinunter, gefolgt von einem satten Rülpsen. Aaron massierte seine Schläfen und überlegte, ob er ins Kongresszentrum fahren oder den Schlaf nachholen solle, den er gestern Nacht verpasst hatte. Er entschied sich fürs Erste; so würde der Tag viel schneller vergehen, bis er Marie endlich wiedersieht.

Was für eine Schnapsidee. Er konnte sich kaum konzentrieren. Die Vorträge und Diskussionen vermochten es nicht, Aaron vom Gedanken an das Treffen mit Marie abzulenken. Fast viertelstündlich schaute er auf seine Uhr und je näher sich der Zeiger Richtung Drei bewegte, desto größer wurde seine Aufregung. In zehn Jahren konnte sich vieles ändern. Nein, es hatte sich vieles geändert. Ob sie sich noch genauso gut verstehen würden, wie damals? Ob sie sich noch genauso viel zu sagen hätten? Ob sie einen Freund hatte? *Was, wenn sie einen Freund hat?* Warum wurde er allein bei dem Gedanken daran fuchsteufelswild? Zur Hölle, er war doch selbst verlobt!!!

Nach dem Gespräch mit seinem Vater hatte er Katharina trotz aller Zweifel einen Heiratsantrag gemacht. Er hatte gehofft, dass die Zeit es schon richten würde. Er hatte gehofft, dass er, nun da er und Katharina verlobt waren, die Gedanken an Marie wieder verdrängen würde. Doch seit er die Büchse der Pandora geöffnet hatte, seit er die schwarze Schachtel mit Maries Brief vor vier Jahren wiedergefunden hatte, schien irgendetwas in ihm entfesselt worden zu sein. All die Gefühle, die er hinter Schloss und Riegel verschlossen glaubte, – der Schmerz über ihren Verlust, die Unwissenheit, was aus ihr geworden ist, die Sehnsucht nach ihr – sie waren an diesem Tag ausgebrochen und ließen sich nicht wieder einkerkern. Vier Jahre lang hatte er es versucht. Immer wieder schob er die Hochzeit mit Katharina auf: Erst machte es mehr Sinn, wenn er vorher sein Rechtsreferendariat und zweites Staatsexamen ablegen würde; dann fand er, dass Katharina sich lieber ein oder zwei Jahre auf ihre Fachausbildung konzentrieren solle, immerhin wäre die Planung einer Hochzeit mit viel Stress verbunden. Und als er zum Richter auf Probe ernannt wurde, überzeugte er Katharina davon, jetzt, da er so gut verdienen würde, lieber noch Geld zu sparen, dann könnten sie sich die pompöse Hochzeit, die sie sich wünschte, auch leisten. Katharina blieb in all der Zeit geduldig. Zu Aarons Glück schien sie es selbst nicht eilig zu haben. Und es war ja auch etwas dran an seinen Bedenken: Eine Feier mit 250 Gästen, Live-Band und einem exklusiven Bankett kostete Nerven und Geld. Ihm selbst war das ganze Tamtam sowieso zuwider, er wollte keine große Party. Aber der Wunsch Katharinas kam ihm gelegen, denn so hatte er stets einen Grund parat, um die Hochzeit zu verschieben.

Nach dem Mittagessen mit seinen Kollegen rief sich Aaron ein Taxi. Mit jedem Kilometer, den er sich Marie näherte, krochen die Zweifel hervor wie Termiten aus ihren Hügeln. Den ganzen Vormittag hatte ein Gedanke den nächsten gejagt, doch jetzt, da es gleich so weit war, fragte er sich, ob er den Mut finden würde, Marie seine

Fragen zu stellen. Wollte er wirklich wissen, was sie zu sagen hat? Wollte er wirklich wissen, ob es einen Partner an ihrer Seite gibt? Wollte er wirklich hören, dass er noch immer nur ein guter Freund für sie war?

Er reichte dem Fahrer sein Geld und stieg aus, genau dort, wo er schon gestern Nacht ausgestiegen war. Er starrte auf das Gebäude auf der gegenüberliegenden Seite, auf das er schon gestern Nacht gestarrt hatte. Erst jetzt fiel ihm der Schriftzug auf, der in geschwungenen Lettern über dem Fenster prangte: Ma-Rie-Lou. *Natürlich!* Er schmunzelte. Sein Blick wanderte weiter zur Scheibe. Marie stand hinter der Theke und wischte gedankenverloren über den Tresen. Aaron atmete tief ein. Die eisige Luft strömte in seine Lungen, der Schnee knisterte unter seinen nervös tänzelnden Füßen. Es gab kein Zurück!

Marie hörte die schwere Tür knacken und noch bevor sie ihn vollständig sehen konnte, wusste sie, dass es Aaron war. *Ihr* Aaron. Ihr bester Freund, den sie von heute auf morgen aus ihrem Leben ausradiert hatte. Wie ein Relikt aus längst vergangener Zeit stand er nun vor ihr und lächelte sie an. Kein Hallo, keine Begrüßung, keine Umarmung. Nur ein Lächeln. Ein Lächeln, das seit Kindestagen an dieses *eine* Gefühl in ihr auslöste und das sie auch jetzt – Jahre später – wieder verspürte: das Gefühl von *Heimat*. Unweigerlich zogen sich ihre Mundwinkel nach oben. Die Angst, die sie seit der letzten

Nacht verspürt hatte und die sie den halben Tag nicht schlafen ließ, war augenblicklich verflogen.

Für einige Sekunden standen Marie und Aaron schweigend da, den Moment des Wiedersehens genießend, bevor – das wussten sie beide – der jeweils andere die Antworten auf seine Fragen eintreiben würde.

Aaron ging zum Tresen und setzte sich auf einen Barhocker. »Den können wir jetzt gebrauchen«, sagte Marie und reichte ihm ein Glas Calvados, den sie bis zum Rand eingeschenkt hatte. Mit einem Mal kippte Aaron den Likör in seinen Rachen. Der Alkohol brannte in seiner Kehle. Sie hatte Recht, den konnte er gebrauchen.

»Habe ich richtig gelesen? Das ist deine Bar?«

»Ja! Also von mir und meiner Freundin Lou. Du hast sie gestern gesehen«, entgegnete Marie und zeigte auf das Foto, das hinter ihr an der Wand hing. Darauf waren Marie und Lou zu sehen, die vor einem abgehalfterten Geschäft stehen und mit erhobenem Haupt ein Blatt Papier in die Kamera halten.

»Zwei Jahre jetzt«, sagte Marie und blickte triumphierend durch den Raum. »Du hättest mal sehen sollen, was das für eine Bruchbude war… Haben wir alles in Eigenregie renoviert. Und es läuft richtig gut. Mittlerweile mussten wir sogar ein paar Leute einstellen. Ich bin Chefin, Aaron! Kannst du dir das vorstellen?«

Aaron sah Marie ihren Stolz an. Ihre Zufriedenheit, ihre Lust am Leben. Das letzte Mal, als er sie gesehen hat, war ihr Blick vollkommen leer gewesen. Mehr noch: Es war, als hätte ihr irgendetwas oder irgendjemand die Energie geraubt; als hätte ein Vampir ihr allen Lebensmut ausgesaugt. Aaron war erleichtert, Marie nun so zu sehen. Es schien ihr gut zu gehen. Gleichzeitig trübte es ihn, dass nicht *er* der Grund für das entflammte Feuer in ihren Augen war. Natürlich freute er sich, dass sie glücklich schien. Und trotzdem: Ein Teil von ihm fühlte sich wie ein Versager. Weil er ihr damals nicht hatte helfen können, weil sie sich von ihm abwandte, weil sie weglief. Er hatte versagt.

Marie erzählte Aaron von Lou, mit der sie nicht nur zusammen die Bar besaß, sondern mit der sie sich auch eine Wohnung teilte. Dort hatte zwar jede ihr eigenes Zimmer, aber die Türen standen eigentlich immer offen; außerdem lebten mit ihnen zwei alte Kater: Colonel Carl und Major Monty. Sie erzählte ihm vom Leben in Berlin, das so bunt und laut war wie sie selbst. Davon, dass sie das Laufen für sich entdeckt hatte und jeden Morgen eine Runde durch ›ihren Kiez‹ joggte. Sie erzählte ihm von ›Johnny‹, Lous Freund, der eigentlich Johannes heißt, aber das wäre ihrer Freundin zu langweilig und die würde aufgrund ihrer britischen Wurzeln alles gerne verenglischen. Deshalb hieß Johannes nicht mehr Johannes, sondern Johnny.

Marie plapperte und plapperte, während Aaron ihr aufmerksam zuhörte. Es kam ihm vor, als stünde die kleine Marie wieder vor ihm – nur ohne blaue Latzhose und ohne Pferdeschwanz. Aber mit der gleichen unbändigen Lebenslust, in die er sich schon als Kind verliebt hatte.

»Und wie geht es dir? Was hast du so gemacht, euer Ehren?«, fragte Marie süffisant, als sie ihren Redeschwall beendet hatte. Die Frage riss Aaron aus seiner Ekstase. Sprachlos glotzte er Marie einen Moment an. Warum war er auf eine so simple Frage nicht vorbereitet? Augenblicklich schoss ihm Katharina durch den Kopf. Er errötete. Er musste Marie ja nichts von seiner Verlobten erzählen, überlegte er, und entschloss sich – nicht ohne ein schlechtes Gewissen – diese Information fürs Erste für sich zu behalten.

»Mir geht es gut. Du kennst mich ja, alles relativ langweilig. Studium in Frankfurt, REF in Frankfurt und jetzt arbeite ich dort am Amtsgericht und versuche so gerecht wie möglich Urteile zu fällen. Deine Anspielung kannst du dir trotzdem sparen, Fräulein Unternehmerin«, zwinkerte Aaron Marie zu.

»Ich mein' ja nur«, lachte Marie und schenkte Aaron ein weiteres Glas Likör ein.

»Dann stoßen wir auf uns an: Du bist Richter und ich Geschäftsfrau!«

Klirrend stießen die Gläser aneinander. Es fühlte sich an wie früher – nur, dass es eben nicht früher war. Eine ganze Dekade war vergangen. Und es hatte sich eben doch alles verändert. Aarons Miene verfinsterte sich bei diesem Gedanken und auch Marie fiel die plötzliche Wehmut in seinen Augen auf.

»Lass uns einen Spaziergang machen, ja?«, sagte sie unvermittelt. »Okay« antwortete Aaron, überrascht von Maries Vorschlag und irritiert von dem Blick, den sie ihm zuwarf. Es war ein bemitleidender Blick. Bemitleidete sie ihn, weil sie wusste, dass er immer noch in sie verliebt war? Oder offenbarte ihr Blick das Gleiche wie der seine? Trauerte auch sie um die Zeit, die sie verloren hatten? Um das, was nicht mehr war? Wie gestern konnte er ihre Mimik nicht deuten – auch das stimmte ihn traurig.

Ohne ein weiteres Wort zu wechseln, machten sie sich auf den Weg. Aaron fragte nicht, wohin. Er folgte Marie durch das Potpourri Berlins, während sie ihm alles Mögliche über die Stadt erzählte und ihre Geschichten hier und da mit einer witzigen Anekdote würzte. Wie eine Stadtführerin verwies sie auf sehenswerte Denkmäler oder Museen und pries ihre Lieblingscafés und Restaurants. Aaron verharrte in der Rolle des Zuhörers, lediglich ein »Aha!« oder »Gut zu wissen!« kam ihm manchmal über die Lippen.

Als die Sonne unterging, verstummte Marie allmählich, so wie die Stimmen um sie herum. Wie Schnecken zogen sich die Bewohner Berlins in ihre Häuser zurück, in die Wärme ihres heimischen Schoßes. Aaron hatte die Orientierung komplett verloren. Sie spazierten durch einen weitläufigen Park, dessen Namen Marie sicher erwähnt hatte, aber er hatte ihn längst vergessen; ihn drängten wichtigere Fragen. Fragen, die er nicht auszusprechen wagte. *Noch nicht.*

An einer Parkbank machte Marie Halt und ließ sich nieder. Aaron setzte sich ans andere Ende der Bank. Der Himmel schwärzte sich und die Laternen um sie herum nahmen ihre Arbeit auf. Für eine kurze Zeit saßen sie schweigend nebeneinander und schauten auf die schneebedeckte Fläche vor ihnen, auf denen in einiger Entfernung ein Paar mit einem Hund spielte. Sie beobachteten, wie das Paar Schneekugeln formte und weit von sich warf, und wie der Hund den weißen Bällen hinterher jagte und sie im Sprung mit seiner Schnauze zu schnappen versuchte.

»So einen habe ich mir immer gewünscht«, sagte Aaron nach einer Weile, »Habe ich dir das eigentlich je erzählt?«

»Einen Dalmatiner?«, hakte Marie nach.

»Genau! Wir haben in der ersten Klasse *101 Dalmatiner* geguckt. Danach habe ich meine Eltern angefleht, mir einen zu schenken. Bestimmt zwei oder drei Jahre lang…« Aaron hielt inne. Er schmunzelte. Seine Gedanken wanderten zurück zu dem eleganten Tier, das er beobachtete. Die Schlappohren segelten mit jedem Sprung nach oben, der Schwanz wedelte vor Begeisterung nach links und rechts. Das Paar streichelte den Hund und liebkoste einander. *Das könnten wir sein*, ging es ihm durch den Kopf.

»Und dann? Haben Erich und Annette dem armen Klein-Aaron etwa keinen Hund geschenkt?«, beendete Marie Aarons Grübelei und schaute ihn belustigt an.

»Nein«, antwortete Aaron matt, »nur ein Dalmatiner-Kuscheltier…«

»Immerhin…«, entgegnete Marie und lachte. »Wie geht es den beiden eigentlich?«

Schlagartig änderte sich Aarons Miene. Schwermut zeichnete seinen Ausdruck. Marie ahnte, dass etwas nicht stimmte. Aaron blickte wortlos in die Weite. Das Pärchen und der Hund machten sich auf den Heimweg, nur noch ihre Silhouetten schlenderten durch die Dunkelheit.

»Aaron, was ist los?«

»Mama… Mama ist nicht mehr da…« Er räusperte sich. »Schon seit über sechs Jahren nicht mehr.« Es war ihm unangenehm über den Tod seiner Mutter zu sprechen, das Vokabular blieb ihm förmlich im Halse stecken. ›Tot‹ oder ›Verstorben‹ – diese Wörter hatten etwas Endliches. Er vermied es, sie in den Mund zu nehmen.

»Das tut mir so leid, Aaron!« Tränen stiegen in Marie auf. Sie hatte Aarons Eltern immer gemocht – sehr sogar. Von Anfang an hatte sich Marie bei ihnen willkommen gefühlt. Während sie nur selten mit ihrem Vater zu Mittag oder Abend gegessen hatte, weil Tom selbst zu später Stunde in seiner Kanzlei gewesen war und das oft auch an Wochenenden, wurden gemeinsame Mahlzeiten in Aarons Familie groß geschrieben. So war es damals zu einer Selbstverständlichkeit geworden, dass Marie nach der Schule oder auch an Samstagen und Sonntagen bei Aarons Familie mit am Tisch gesessen hatte – ein vierter

Teller hatte immer für sie bereit gestanden. Marie hatte dieses Zusammensein sehr genossen, schließlich hatte sie wie eine ausgehungerte Hyäne nach familiärer Geborgenheit gelechzt. Die Zeit mit Aarons Eltern gehörte zu ihren schönsten Kindheitserinnerungen. Vielleicht waren es sogar die einzigen.

Marie rutschte zu Aaron rüber, dicht neben ihn. Sie wusste, wieviel seine Eltern ihm bedeuteten, vor allem seine Mutter. Sie hatte Aaron stets um seine Mutter beneidet, und um ihre enge Beziehung, die sie zueinander hatten. Aaron hatte sich nie damit gebrüstet – im Gegenteil. Vor Marie hatte er oft so getan, als wäre er genervt von seinen Eltern; als wären ihm die Fahrradtouren und Spieleabende, auf die sie bestanden, ein Graus für ihn. Natürlich stimmte das nicht. Er hatte immer gern Zeit mit seinen Eltern verbracht. Er hatte Marie schlicht nicht verletzten wollen – damit, dass er so liebevolle Eltern hatte, während sie ohne Mutter aufwuchs und mit einem Vater, der sich kaum Zeit für sie nahm.

Aaron räusperte sich wieder und wieder. Seine Kehle drohte sich zuzuschnüren. Jetzt, da Marie zum Greifen nah war, gab es kein Halten mehr. Die verdammten Tränen drängten unaufhörlich an die Oberfläche. Er versuchte den Impuls zu unterdrücken, was alles nur noch schlimmer machte. Das Weinen wurde zu einem Schluchzen und das Schluchzen zu einem Japsen. Es war ihm peinlich, wollte er vor Marie auf keinen Fall Schwäche zeigen; schließlich glaubte er, dass seine

Verletzlichkeit der Grund dafür sei, dass sie in ihm nur einen guten Freund sah und keinen potenziellen Liebhaber.

Marie legte ihren Arm um Aarons Schultern und zog ihn fest an sich. Aaron spürte ihren warmen Atem an seinem Ohr, roch den süßlichen Duft ihrer Haut. Er weinte – nicht wegen seiner Mutter. Er weinte wegen Marie. Wegen dem, was hätte sein können. Wegen dem Paar mit dem Hund, das *sie* hätten sein können.

Dritter Tag

»Hast du ihm schon von Volkan erzählt?«, fragte Lou. Marie stockte. Aus den Augenwinkeln sah sie, wie Lou im Türrahmen ihres Zimmers stand und grinste.

»Natürlich nicht!«, empörte sie sich, »Hast du nicht zugehört? Aarons Mutter ist gestorben! Er war völlig fertig vorhin… Soll ich da etwa gleich mit der Tür ins Haus fallen?« Marie hatte Lou nach der gemeinsamen Schicht von dem Treffen mit Aaron erzählt, davon, dass sie ihm wie ein Tourguide alles Mögliche über Berlin erzählt hat, dass sie Floskeln ausgetauscht haben, aber dass keiner von beiden sich getraut hatte, in der Vergangenheit zu wühlen.

»Come oooon«, stichelte Lou, »Das ist doch nicht der einzige Grund, oder?«

Donnernd ließ Marie die Rollladen hinunter. Natürlich hatte Lou recht. Es war nicht der einzige Grund. Es hatte an diesem Nachmittag genug Gelegenheiten gegeben ihren Freund zu erwähnen. Warum hatte sie es nicht getan?

»Doch, genau *das* ist der Grund! Das nennt man Taktgefühl, Lou. Davon solltest *du* dir mal eine Scheibe abschneiden!« Marie schüttelte ihr Bettzeug auf, kroch unter die Decke und schloss die Augen. Lou verstand den Wink und schaltete das Licht aus: »Good night, sweetie!«

Marie antwortete nicht. Sie war von der Bohrerei ihrer Freundin genervt oder vielleicht war sie genervt von sich selbst. Davon, dass sie so leicht zu durchschauen war. Es ärgerte sie, dass Lou sie ertappt hatte. Sie hatte Aaron nicht schonen wollen, oder zumindest nicht nur. Sie hatte Volkans Existenz bewusst verschwiegen. Warum?

Marie wälzte sich hin und her, immer wieder positionierte sie sich neu, klopfte ihr Kissen aus und versuchte mit Schäfchen zählen gegen ihre Gedanken anzukämpfen: Ein weißes Schaf springt über den Zaun, dann noch eins und noch eins. Ein schwarzes Schaf hüpft über den Zaun, dann ein flauschiges mit Brille. Mit Brille? Aaron? Marie ballte ihre Hände zu Fäusten und schlug wieder und wieder auf die Matratze ein. Erst als Major Monty auf das Bett sprang und sie irritiert anstarrte, gab sie auf.

»Entschuldigung, Dickerchen!«, sagte Marie mit quiekender Stimmfarbe und kraulte dem Kater sein Köpfchen. Das Schnurren des Tiers ließ sie unmittelbar zur Ruhe kommen. Sie setzte sich auf und legte den Kater auf ihre zum Schneidersitz verschränkten Beine. *Warum habe ich ihm nichts von Volkan erzählt,* grübelte Marie, während sie das Fellknäuel auf ihrem Schoß in den Schlaf streichelte. Warum? Hatte sie noch Gefühle für Aaron? Oder wollte sie sich einfach eine Option ›offen halten‹?

Sie lauschte dem Schnurren des Katers, das immer leiser wurde. Auch Maries Augenlider wurden schwerer. Sie schob Major Monty behutsam von ihren Beinen. Der verdatterte Blick des Tiers brachte sie zum Schmunzeln. Beleidigt tapste es vom Bett und legte sich in das Körbchen, das neben Maries Kleiderschrank stand.

Es war fast vier Uhr morgens. Schon um zwölf würde sie Aaron wiedersehen. Dann, entschloss sie, würde sie Aaron von Volkan erzählen. *Ganz bestimmt!*

Als Marie aus dem Hausflur trat, kam ihr eine frostige Brise entgegen. Genüsslich nährte sie sich an der frischen Luft, die ihre Lungen füllte. Die Bäume trugen eine weiße Krone, es hatte die ganze Nacht heftig geschneit. Der Winter hatte für Marie seit jeher etwas Magisches. Schon als kleines Mädchen war es ihre Lieblingsjahreszeit gewesen: Wenn sie im Dunkeln aufgewacht ist und gesehen hat, wie dicke Schneeflocken an ihrem Fenster vorbei schwebten, hatte sie sich blitzschnell einen Mantel über ihren Pyjama geworfen, war in ihre Boots geschlüpft und nach draußen in den Garten gerannt. Dort hatte sie sich im Kreis gedreht und versucht mit ihrer Zunge die Kristalle aufzufangen, die vom Himmel fielen. Dabei hatte sie sich vorgestellt, dass es die Tränen einer Prinzessin waren, die über den Wolken lebt, und die um ihre verstorbene Mutter trauert.

Der Schnee knatschte unter Maries Füßen, als sie zur U-Bahn-Station lief. Fasziniert lauschte sie dem Geräusch und blendete die Stimmen der Passanten, das Brummen der Autos und das Scharren der Schneeschaufeln vollkommen aus. Wie schön muss Berlin früher gewesen sein, überlegte sie, als es noch keine Verkehrsmittel und Schneepflüge gab, die das weiße Gold zu einer matschigen, braunen Plörre transformierten?

In der U-Bahn war es heiß und stickig. Wie jedes Wochenende war es proppenvoll. Einheimische und Touristen, einander fremde Menschen, die das Ziel einte, das Herz und die Venen der Stadt zu erkunden.

Als Marie ausstieg, war sie froh, dass es nur eine kurze Strecke zum Tierpark gewesen war und sie wieder atmen konnte. Schon von weitem erkannte sie Aaron, der am Eingang auf sie wartete – er ist sicher wieder zehn Minuten früher da gewesen, schmunzelte sie. Sie war höchstens fünf Minuten zu spät, und doch lief Aaron nervös auf und ab, wie ein Tier, das auf die heißersehnte Fütterung wartet. Marie dachte an gestern, als sie sich auf der Parkbank in den Armen gelegen hatten und miteinander weinten. Sie dachte daran, wie Aaron sie fest an sich gedrückt hatte und wie sie sich dabei gefühlt hatte: geliebt.

»Na, wie lange wartest du hier schon?«

»Höchstens fünf Minuten«, erwiderte Aaron – unschlüssig, ob er Marie umarmen solle. Marie spürte Aarons Unsicherheit, streckte sich zu ihm hoch und gab ihm einen Kuss auf die Wange.

»Fünf Minuten? Deine Nase sagt mir da etwas anderes, Rudolph!« Marie lachte.

»Okay, Frau Kommissarin. Möglicherweise war ich eine halbe Stunde früher hier.«

»Eine halbe Stunde?« Marie tat fassungslos und schlug die Hände über sich zusammen.

»Zu meiner Verteidigung: Erstens ist Pünktlichkeit in meinem Beruf unerlässlich und zweitens kenne ich die Wegzeiten in Berlin nicht.«

Marie schüttelte grinsend den Kopf und reihte sich mit Aaron an der Kasse in die Schlange ein.

»Okay, dann gehen wir erstmal einen Kaffee trinken, dann kannst du dich ein bisschen aufwärmen… Oder noch besser: Wir besorgen dir ein paar Handschuhe. Kein Wunder, dass du total durchgefroren bist…«

Der Zoo-Shop war vollgestopft mit unzähligen Artikeln: von Kuscheltieren, Brettspielen und Lampen über T-Shirts, Hosen und Pullover bis zu den klassischen Souvenirs wie Magneten, Kalendern und Postkarten. Es dauerte eine Weile, bis Marie im Gedränge eine Verkäuferin fand, die sie nach Handschuhen fragen konnte: Die einzigen, die sie hatten, waren Fäustlinge mit flauschigen Tiergesichtern in 3-D-Optik. Marie konnte sich das Lachen nicht verkneifen, als sich Aaron durch die Panda-, Löwen-, und Giraffenhandschuhe probierte.

»Also die Giraffe steht dir am besten!«, sagte Marie.

»Meinst du?«

»Auf jeden Fall! Wenn du ein Tier wärst, dann sicher eine Giraffe«, kicherte sie, »Du bist genauso schlaksig und dein Kopf ist genauso langgezogen!« Sie fing an zu lachen und nahm die Fäustlinge mit Löwenmotiv hoch: »Ein Löwe bist du ganz sicher nicht«, prustete sie, »die paar Stoppel an deinem Kinn kann man ja an einer Hand abzählen…«

»Hey!«, protestierte Aaron und kniff Marie in die Hüfte. Marie krümmte sich beinahe vor Vergnügen und kreuzte die Beine übereinander: »Ich mach mir gleich in die Hose«, japste sie ungeniert.

Aaron bewunderte Maries Selbstbewusstsein. Katharina wäre in Grund und Boden versunken, dachte er, sie hätte ihm gar nicht erst erlaubt solche Handschuhe zu kaufen. Maries Lachen steckte ihn an. Ihr Lachen war für ihn wie ein großes Stück Schwarzwälder Kirschtorte – unwiderstehlich.

Auf der Terrasse des Cafés saßen nur wenige Menschen, die meisten hatten sich in die Wärme des Innenraums zurückgezogen. Jetzt, da Aaron Handschuhe hatte, könnten sie doch lieber das schöne Wetter genießen, hatte er zu Marie gesagt. Er wusste, wie sehr Marie den Winter liebte.

Das Panorama, das sich ihnen bot, hätte einem Werk Monets entsprungen sein können: Die Büsche und Bäume drohten unter der Last des Schnees beinahe zu zerbrechen, alles glitzerte wie lupenreine Brillanten. Hier und da suchte eine Elster nach einem Mahl, ein paar Zoobesucher spazierten die Allee entlang. Marie hatte die Augen geschlossen; sie lauschte den Liedern der angrenzenden Kakadus und genoss die Strahlen der Sonne, die ihr Gesicht wärmten. Aaron musterte sie: Sie hatte ihren kahl rasierten Kopf mit einer dicken Wollmütze geschützt und war in eine weiße Daunenjacke eingemummelt, die an ihrem Busen und Bauch spannte. So, wie sie da saß, erinnerte sie ihn an ein Michelin-Männchen. Ihre Mundwinkel waren leicht nach oben gezogen, sie sah friedlich aus.

Noch immer hatten sie nicht darüber gesprochen, was Aaron wirklich bewegte, noch immer hatten sie nicht über jene Nacht gesprochen, in der Marie aus Frankfurt verschwand. Und noch immer hatte er Marie nicht erzählt, dass er verlobt war. Katharina kam ihm in den Sinn, er fischte sein Handy hervor und schaute aufs Display: drei Anrufe. Er hatte ihr gestern Abend, nachdem er vom Treffen mit Marie zurück ins Hotel gekommen war, eine Nachricht geschrieben: Er würde noch bis Montag in Berlin bleiben, da er ein paar alte Kommilitonen wiedergetroffen hätte, mit denen er nun spontan das

Wochenende verbringen wollte. Auf ihre Anrufe hatte er seitdem nicht reagiert. Zu groß war seine Furcht vor ihren Fragen; schließlich war er nicht gut im Lügen und außerdem schämte er sich, dass er seiner Verlobten etwas vormachte. Katharina wusste von Marie – nicht, dass Aaron jahrelang heimlich in Marie verliebt gewesen war, aber dass sie zu Schulzeiten seine beste Freundin gewesen war. Nach dem Abitur, so hatte er es ihr erzählt, hätten sie sich aus den Augen verloren.

Aaron ärgerte sich, dass er Katharina nicht erzählt hatte, dass er Marie getroffen hat. Und das schon vorgestern. Was war schon dabei? Aber jetzt, da er sie mehrmals angelogen hatte, war er schon zu tief in einem Netz von Unwahrheiten verstrickt.

»Warum starrst du die ganze Zeit auf dein Handy?« Marie hatte bemerkt, dass Aaron sich über irgendetwas grämte. Die Neugier huschte förmlich aus ihren Augen. Sie hatte ihn erwischt. Jetzt wäre die perfekte Gelegenheit, ihr von Katharina zu erzählen, überlegte Aaron. Ganz beiläufig, als hätte es vorher einfach nicht gepasst. Er könnte Marie sagen, dass seine Verlobte ihn angerufen hat und er sie zurückrufen müsse. Marie wäre sicher überrascht, aber dann wäre die Katze endlich aus dem Sack.

»Ach, ein Arbeitskollege wollte sich mit mir treffen…« Aaron räusperte sich, »der hat schon mehrmals angerufen. Ich muss ihm kurz absagen…« *Ich Memme!*, dachte Aaron, und fing an zu tippen.

»Wenn du ihn treffen willst, ist das okay. Ich habe sowieso noch ein paar Sachen zu erledigen.«

»Nein, ich… Ich würde dich lieber begleiten. Also, wenn es dir nichts ausmacht?«

»Wenn du mir beim Einkaufen und Putzen helfen willst!« Sie zwinkerte ihm belustigt zu und widmete sich wieder ihrem Sonnenbad.

Aaron steckte sein Handy zurück in die Tasche. Katharina konnte warten.

Nach dem Zoobesuch brachte Marie Aaron in ihr Lieblingsrestaurant, ein kleines französisches Bistro, in dem nur eine Handvoll Stehtische Platz hatten und in dem sie seit Jahren Stammgast war. Schon auf dem Weg dorthin hatte Marie Aaron von dem Besitzer des Lokals vorgeschwärmt und ihm versichert, dass Pierre die leckersten französischen Speisen in ganz Berlin zaubern würde.

Marie bestellte einen süßen Crêpe mit Ricotta, abgeriebener Zitronenschale und einem Schuss Cointreau, während Aaron sich für eine Galette mit Ziegenkäse, Feigen und Thymian entschied. Beim Essen plauderten sie mit Pierre, der Aaron erzählte, dass er vor fünfzehn Jahren mit Mitte vierzig aus einem kleinen Dorf in der Normandie nach Berlin gekommen sei, um sein queer-sein endlich frei ausleben zu können. Aaron schaute Marie dabei zu, wie sie mit Pierre scherzte und lachte, der hinter der Theke stand, und routiniert allerlei Köstlichkeiten für die wartenden Gäste zubereitete. Pierre war ein kleiner,

dicklicher Mann mit Zwirbelbart, einer schwarzen Bas-
kenmütze auf dem Kopf und einem roten Tuch um den
Hals. Das typische Klischee eines Franzosen, wären da
nicht die rot gemalten Lippen und die funkelnden Ohrringe gewesen. Zudem hatte er lange künstliche Fingernägel, die farblich passend zu den Lippen lackiert waren,
und an seinen wurstigen Fingern prangten klobige Ringe
mit wuchtigen Steinen. Kein Wunder, dass Marie ihn so
gerne mochte, dachte Aaron, als sie das Lokal verließen,
Pierre war genauso verrückt und herzlich wie sie.

Auf dem Weg ins *Ma-Rie-Lou* besuchten sie einen nahegelegenen Wochenmarkt, bei dem Marie frische Kräuter und Früchte für die nächsten Tage kaufte. Bünde an
Minze, Basilikum, Rosmarin, Estragon und Salbei lande-
ten in ihrer Tasche, sowie je zwei Dutzend Orangen und
Zitronen und drei große Papiertüten mit Preiselbeeren.
Sie wählte alles akribisch aus, ihre Gäste sollten nur die
besten Produkte bekommen.

Später half Aaron Marie alles einzusortieren und bot
ihr bereitwillig an, mit ihr die Toiletten, Tische und Bö-
den zu putzen; es machte ihm nichts aus – im Gegenteil.
Es berauschte ihn Teil von Maries Alltag zu sein, zu be-
obachten, wie bei allem, was sie tat, Leidenschaft mit-
schwang. Für einige Stunden kam es ihm vor, als lebe er
selbst in Berlin, als wäre er Maries Geschäftspartner und
vielleicht mehr als das. Den gesamten Nachmittag über
neckten sie einander und jedes Mal, wenn Marie ihn berührte, fuhr ihm ein Kribbeln durch seine Leistengegend.

Er hatte das Gefühl, dass es ihr ähnlich ging. Er hatte das Gefühl, dass jede ihrer flüchtigen Berührungen keine Zufälle waren, sondern dass es sich um gezielte Manöver ihrerseits handelte. Konnte das sein? Flirtete sie mit ihm? Nein, sie war immer so gewesen – kokett und körperbetont. Er schüttelte den Kopf. *Nein, das ist nur ein Hirngespinst!*

»Lou hat mir geschrieben, dass sie heute für mich übernehmen kann«, sagte Marie, als sie nach verrichteter Arbeit am Tresen standen und sich zur Belohnung ein Glas Wein gönnten. *Vielleicht ist es doch kein Hirngespinst?* »Wenn du willst, können wir ins Kino gehen. Berlin hat eine Reihe cooler Arthouse Kinos…« Sie nahm einen großen Schluck aus ihrem Glas. Der Dornfelder kitzelte ihren Gaumen. Aaron antwortete nicht.

»Hast du deine Zunge verschluckt?«

Aaron nickte.

»Heißt das *ja*?« Marie wurde ungeduldig.

»Klar!«, jubelte Aaron und trank in einem Zug seinen Wein aus. »Ich bin dabei!« Er knallte das leere Glas auf die Theke, als würde er gleich in die Schlacht ziehen.

»Okaaaaay«, erwiderte Marie, zog eine Augenbraue hoch und grinste: »Ich gehe nochmal kurz auf die Toilette. Du kannst schonmal nach *Il Kino* oder *Sputnik* googeln und checken, was läuft.« Sie legte ihre Schürze ab, stellte die Gläser in die Spüle und strich Aaron beim Vorbeigehen sanft über den Arm. Er blickte ihr nach. *Auf keinen Fall ist es nur ein Hirngespinst!*

Marie schloss die Tür hinter sich und ließ sich dagegen fallen: »Was mache ich hier eigentlich?«, sagte sie laut. Sie atmete tief ein, stieß sich mit beiden Händen von der Tür ab und ging zum Waschbecken. Sie riss den Hahn auf und fuhr mit ihren Fingern durch das kalte Nass.

»WAS – MACHST – DU – HIER?«, herrschte sie ihr Spiegelbild an. Sie schüttelte den Kopf, beugte sich über das Becken und klatschte sich eine Ladung Wasser ins Gesicht. Wieder und wieder schaufelte sie sich eine Kelle über die Wangen und die Stirn. Dabei dachte sie daran, wie Aaron und sie sich vor Lachen krümmten, als sie ihm die Giraffenfäustlinge kauften. Wie sie bei Pierre zu Mittag aßen und dieser zu ahnen schien, dass Aaron jemand Besonderes für sie war. Wie sie Arm in Arm die Einkäufe für die Bar erledigten. Wie sie beim Aufräumen immer wieder die Nähe voneinander suchten: ein zufälliges Hüfte an Hüfte streifen hier, eine kurze Berührung an den Händen da.

Sie drehte den Hahn zu und schaute in den Spiegel. Unter ihren Augen hatten sich zwei schwarze Schlieren gebildet; mit der Mascara vermischte Wasserperlen tropften von ihrer Nase. Marie fixierte ihr Spiegelbild. Was wollte sie von Aaron? Zwei Tage hatten sie wie in einer Blase gelebt, jedes ernsthafte Gespräch vermieden. Sie war doch glücklich in Berlin, sie hatte sich etwas aufgebaut, neu angefangen! Sie war mit Volkan zusammen, von dem sie Aaron noch immer nichts erzählt hatte.

Okay, er hatte sie auch nicht gefragt. Und trotzdem: selbst wenn sie ineinander verliebt waren, es würde sowieso nicht gut gehen. Sie lebte in Berlin, er in Frankfurt. Ja, es gab diese Anziehung zwischen ihnen. Na und? Die hatte es immer gegeben. Was hat das schon zu heißen? Nichts!

Sie rollte sich einige Lagen Klopapier um die Hand und rieb damit über die verlaufenen Stellen in ihrem Gesicht, bis nur noch ein paar gerötete Hautflecken übrig blieben. »Wir sind Freunde«, sagte sie streng und nickte ihrem Spiegelbild zu. »Freunde... Mehr nicht!«

»Volkan!« Marie erschrak, als sie ihren Freund sah. Wie festgenagelt blieb sie im Türrahmen stehen. Ihre Augen wanderten zu Aaron, Enttäuschung lag in seinem Blick.

»Babe, alles gut?«

Marie presste ein verschämtes Lächeln hervor: »Ja, klar... Ich... ich hab dich nur nicht erwartet...«

Sie ging zu Volkan, der den Arm um sie legte, und ihr einen Kuss auf den Mund drückte.

»Du hast den ganzen Tag nicht auf meine Anrufe reagiert!« Skepsis lag in seinem Tonfall.

»Ich muss mein Handy auf lautlos gehabt haben... Ich war den ganzen Tag unterwegs... also Aaron und ich...«, stammelte Marie. Sie wagte es kaum, Aaron anzuschauen. Sie kam sich vor wie ein Hund mit eingezogenem Schwanz, den sein Herrchen bei einer Schandtat erwischt hat. Sie spielte an ihren Creolen, während ihr Freund sie irritiert ansah. Sag endlich was, dachte Marie. Was? Was sollte sie sagen? Sie hatten sich einander bestimmt schon vorgestellt. Worüber hatten sie geredet? Hatte Aaron Volkan erzählt, dass sie sich schon gestern getroffen haben? War Aaron sauer, dass sie ihm nichts von Volkan erzählt hat? *Sag was, verdammt nochmal!*

»Also… Aaron ist gestern in Berlin angekommen…«

»Vorgestern!«, unterbrach Aaron Marie.

»Ja, genau, vorgestern. Ihr habt euch bestimmt schon vorgestellt?«

»Halbwegs«, sagte Volkan.

Marie wusste, dass sie ihrem Freund eine Erklärung schuldete: »Aaron und ich kennen uns aus der Schule.«

»Genau!", pflichtete Aaron ihr bei.

»Wir haben uns ewig nicht gesehen. Wie lange muss das gewesen sein? Zehn Jahre?«

»*Über* Zehn Jahre«, sagte Aaron und verschränkte die Arme vor der Brust.

»Ja… krass… zehn Jahre! Und stell dir vor, Babe, wer am Donnerstag plötzlich hier im Laden steht? Mitten in der Nacht?!«

Volkan antwortete nicht. Aaron auch nicht. Maries Blick wanderte hilfesuchend zwischen den Beiden hin und her. Verstand denn keiner, dass das keine rhetorische Frage war?

»AARON! Aaron stand vor mir!« Marie brach in ein schrilles Gelächter aus. Ihr fiel auf, wie unnatürlich ihr

Lachen klang. »Wie auch immer… Wir wollen ins Kino…« Marie eilte hinter die Theke und begann die Gläser abzuwaschen. »Jetzt, wo du schon mal hier bist, kannst du doch mitkommen, Babe? Dann könnt ihr euch kennenlernen.«

Noch bevor Volkan reagieren konnte, preschte Aaron vor: »Ehrlich gesagt: Mein Kollege hat mir nochmal geschrieben…« Marie runzelte die Stirn. Sie ahnte, was kommen würde, noch bevor er es ausgesprochen hatte.

»Ja, als du auf Toilette warst. Einige meiner Kollegen treffen sich spontan zum Abendessen…« Aaron reichte Volkan die Hand: »Es war nett Sie kennenzulernen!« *Hat er Volkan gerade gesiezt?*

»Ich wollte jetzt nicht bei eurem Wiedersehen dazwischen funken«, entgegnete Volkan, während Aaron ihm die Hand schüttelte.

»Nein, nein, ganz und gar nicht!« Aaron bewegte sich rückwärts zur Tür. Mit seinen Händen formte er Pistolen und zielte auf Marie und ihren Freund: »Macht euch ruhig einen schönen Abend!« *Hat er gerade Pistolenschüsse nachgeahmt?*

Marie griff nach den Handschuhen, die auf der Theke lagen: »Warte!« Sie hastete zu Aaron, nahm seine Hände und zog ihm die Giraffenfäustlinge über, als wäre er ein Kleinkind, das noch die Hilfe seiner Mutter braucht.

»Willst du wirklich nicht mitkommen?«, flüsterte sie. Sie hielt die flauschigen Gesichter fest. Sie wollte ihn nicht ziehen lassen.

»Ich kann nicht«, sagte Aaron leise. Die Verlegenheit stand ihm ins Gesicht geschrieben. Schamesröte zierte seine Backen, Traurigkeit seine Augen.

Marie ließ Aarons Hände los und trat einen Schritt zurück. Ihr Herz pochte.

»Wir telefonieren«, sagte Aaron. Marie wusste, dass das eine Lüge war. Aaron brachte seine rechte Hand zur Schläfe und imitierte einen Militärgruß in Richtung Volkans. Dann ging er über die Schwelle. Marie blickte ihm durch die Scheibe nach: Sie beobachtete, wie er die schneeverwehte Straße überquerte und in Richtung U-Bahn-Station lief. Sie trat nach draußen, ein eisiger Wind peitschte ihr entgegen. Sie hoffte, dass Aaron sich umdrehen würde, dass er es sich anders überlegen würde. Doch er verschwand ohne Umkehr im Untergrund der Stadt.

Im Hotel angekommen, zog Aaron seine Handschuhe aus und warf sie in die Ecke. Gegen Volkan sehe ich aus wie ein achtjähriger Schuljunge, dachte er. Die beigebraunen Plüschgesichter lagen zerknautscht am Boden. Sie waren genauso zerknautscht wie er. *Natürlich hat sie einen Freund. Ich Idiot!*

Als Marie auf Toilette gewesen war, und Aaron aufgeregt das Internet nach dem Kinoprogramm durchforstet hat, war plötzlich die Tür aufgesprungen und da hatte er gestanden: ein Bär von einem Mann. Volkan war beinahe so groß wie er, bestimmt 1,85, aber im Gegensatz zu ihm war er mit Muskeln bepackt – das hatte Aaron selbst durch die dicke Winterjacke eindeutig erkennen können. Dazu schmückte sein Kinn ein schwarzer Vollbart.

Aaron betrachtete sich im Spiegel. Er hatte wirklich was von einer Giraffe. Marie hatte recht. Durch seine schmale Statur wirkte er noch größer und durch seine Größe noch dünner. Mit sechszehn hatte er einige Monate Krafttraining ausprobiert – schließlich hatten die Kerle, für die sich Marie interessierte, allesamt stählerne Körper gehabt. Zwei Monate war er drei Mal die Woche pumpen gegangen, hatte Proteinshakes runtergewürgt und auf den Sonntagskuchen seiner Mutter verzichtet. Aber Nichts! Er war schmächtig geblieben. Seine schulischen Pflichten ließen ihm nicht genug Zeit, hatte er sich eingeredet, und so hatte er sein Ziel ›ein richtiger Mann‹ für Marie zu werden wieder ad acta gelegt. Seitdem hatte er sich damit begnügt, dass er stattdessen mit Intelligenz, Charme und Witz gesegnet sei. »Man kann nicht alles haben, mein Sohn«, hatte seine Mutter damals zu ihm gesagt, als sie ihm ein großes Stück Apfelkuchen mit Sahnehaube vor die Nase gesetzt hat. *Von wegen! Volkan hat alles!* In seiner kurzen Begegnung mit ihm hatte Volkan Aaron erzählt, dass er Dozent für deutsch-französische Literatur sei und Marie bei einem Poetry-Slam kennengelernt habe, bei dem er Teilnehmer war. *Schlau und dazu ein richtiger Löwe. Pff!*

Entmutigt wendete Aaron sich von seinem Spiegelbild ab. Was konnte er Volkan schon entgegensetzen? *Niente!*

Im Gegenteil. Er hatte sich wie ein Volltrottel aufgeführt. Angewidert von sich selbst fuhr Aaron sich durch seinen Scheitel. Er hatte sich zum Affen gemacht. Was fiel ihm bloß ein, Volkan zu siezen, nachdem sie sich doch mit Vornamen vorgestellt hatten. Und dann seine peinliche Imitation von Pistolen und Militärgruß. Immer wieder fuhr Aaron sich durch seine Haare. Es ärgerte ihn, dass er sich wie in einer Posse aufgeführt hatte.

Das Klingeln seines Handys setzte seiner Tirade ein Ende. *Marie.* Bestimmt wollte sie ihn fragen, warum er sich so lächerlich benommen hat. Was sollte er ihr sagen? Dass es ihm einen Stich ins Herz versetzt hat, als ihr Freund sie küsste? Dass er immer noch in sie verliebt war? Nach all den Jahren! Dass er sich eingebildet hat, dass sie vielleicht ebenso fühlte wie er?

Aaron wartete, bis das Klingeln erlosch. Er googelte nach dem nächsten Zug, der zurück nach Frankfurt fuhr. Fällt aus, fällt aus, fällt aus. Das Wetter machte ihm einen Strich durch die Rechnung. *Mist!* Er beschloss runter an die Bar zu gehen. Dort bestellte er einen Martini und dann noch einen und noch einen. Es dauerte nicht lange, bis er dem Kellner seine Geschichte erzählte, der ihm aufmerksam zuhörte und selbst keinen Kommentar abgab.

Gegen ein Uhr wurde die letzte Runde ausgerufen und Aaron torkelte mit einem weiteren Martini in der Hand zurück auf sein Zimmer. Mehrere Anrufe und Nachrichten blinkten auf dem Display seines Handys auf. Es interessierte ihn nicht. Er streifte die Kleidung vom Leib und betrachtete sich im Spiegel:

Er stand inmitten eines Rings von Hemd, Kaschmirpullover, Hose und Slip – vollkommen nackt, nur noch die Socken an den Füßen und der Cocktail in der Hand. Seine Schultern waren spitz und kantig. Auf seiner weißen Brust zählte er genau drei Haare. Er zwirbelte sie zwischen seinen Fingern. Sie waren weich wie der Flaum eines Babys. *Weg mit euch!* Entschlossen riss er sie aus. Sein sonst beinahe eingefallener Bauch hatte von dem vielen Alkohol eine kleine Wölbung bekommen, die Hüftknochen und Rippen zeichneten sich dennoch deutlich ab. *Weiß wie Käse bin ich...* Er kippte den Rest des Martinis runter und stellte das Glas auf den Tisch neben sich. Dann ließ er seine Arme hin- und her schwingen und ahmte Affengeräusche nach. *Wie ein Gibbon sehe ich aus... Nur mein Gehänge ist größer!* Er fing zu lachen an und stolperte aus der Wulst von Klamotten ins Bett. Die Lampe über ihm drehte sich, der Gin und Wermut tanzten Polka in seinem Magen. Im Gleichschritt hüpften seine Gedanken von Marie zu Katharina, von seinem Vater zu seiner Mutter und wieder zurück. *Ich hätte deine Giraffe sein können...*

Vierter Tag

Das Heulen eines Staubsaugers, der über den Flur fegte, riss Aaron aus dem Schlaf. Er kniff seine Augenlider zusammen. Das grelle Licht quälte seinen Verstand. Es dauerte einen Moment, bis er begriff, wo er war. Er setzte sich auf und fühlte, wie ein Schwall Magensäure seine Speiseröhre hochjagte. Zügig taumelte er ins Badezimmer und ergoss den gelben Saft in die Toilette. Nur mit Mühe hatte er es geschafft, die Kloschüssel rechtzeitig zu erreichen. Seine Kehle brannte. Er versuchte sich an den gestrigen Abend zu erinnern. Nach dem vierten Martini hatte er den Kellner nach seinem Namen gefragt. Wie hieß der noch? Keine Ahnung! Sequenzen von dem Weg zurück auf sein Zimmer spielten sich vor seinem geistigen Auge ab. Wann war er dort angekommen? Keine Ahnung. Und warum zum Teufel war er splitterfasernackt? Keine Ahnung! Erstmal kalt duschen. Er drehte den Hahn auf und ließ das Wasser über seine Füße und Waden laufen. »Brrr«, stieß er laut aus. Dann ließ er das kühle Nass weiter über seine Oberschenkel, den Hintern und Rücken laufen und schließlich über den Kopf und den gesamten Körper. Er spürte, wie die Durchblutung in Gang kam, wie seine Gedanken klarer wurden. Als er sich an den kalten Guss gewöhnt hatte, stellte er die Dusche ab. Er putzte sich die Zähne und nahm zwei Paracetamol. Gleich würde auch das Dröhnen in seinem Kopf aufhören. Im Zimmer sammelte er seine Kleidung auf.

Sie roch nach Zigarettenqualm. Hatte er gestern Nacht etwa geraucht? Keine Ahnung! Zum Glück hatte er genügend Wechselklamotten dabei. Für Aaron galt beim Packen schon immer die Devise: besser zu viel als zu wenig. Er faltete die Dreckwäsche ordentlich zusammen, Unterhose und Unterhemd wanderten in eine separate Tasche. Irgendwo musste doch noch eine Tüte rumliegen, überlegte er. Im Schrank fand er einen Einwegbeutel. Er wollte die stinkende Kleidung nicht zu der frischen in den Trolley legen. Nachdem er seine Habseligkeiten verstaut und sich angezogen hatte, fiel sein Blick auf sein Handy. Am liebsten hätte er nicht nachgeschaut, wie viele Anrufe und Nachrichten Katharina hinterlassen hat. Seit vorgestern hatte er nicht mehr von sich hören lassen. Und Marie? Er hatte ihren Anruf gestern Abend ignoriert. Ob sie es wohl auch nochmal versucht hatte? Er hoffte es. Sieben Anrufe, drei Mailboxnachrichten und vier SMS. Allesamt von Katharina, keine einzige Mitteilung von Marie. Enttäuschung breitete sich in ihm aus. *Vielleicht ist es so das Beste!* Er wählte Katharinas Nummer…

»Aaron? Na endlich!« Sie hatte sich hörbar Sorgen gemacht. Aaron erzählte ihr, dass er sein Handy in einem Restaurant vergessen hätte und erst gestern Abend auf die Idee gekommen sei, dort nachzufragen. Katharina nahm ihm die Ausrede auf Anhieb ab. Es schien ihr nicht im Traum einzufallen, dass er sich mit einer anderen Frau amüsieren könnte. Obwohl Aaron erleichtert war, dass Katharina ihm sofort glaubte, ärgerte es ihn, dass seine Verlobte ihm einen Seitensprung nicht zutraute. Kein Funken Misstrauen lag in ihrer Stimme. »Aaron könnte mit Margot Robbie im Bett liegen und würde nicht fremd gehen«, hatte sie immer stolz zu ihren Freundinnen und ihrer Mutter gesagt, wenn im Klinikum mal wieder ein verheirateter Arzt mit einer Kollegin anbandelte. Aaron hätte ihr dann am liebsten unter die Nase gerieben, dass er sowieso nicht auf blonde, dünne Frauen steht. Und dass er sich beim Sex oft vorstellte, dass nicht sie, sondern Marie auf ihm säße.

Nachdem Aaron sich von Katharina verabschiedet hatte, fuhr er mit einem Taxi zum Bahnhof. Die in grau getauchten Fassaden Berlins rauschten an ihm vorbei, Schwermut übernahm das Zepter in seinen Gedanken. Er dachte an den gestrigen Tag, an jedes Lächeln, das Marie ihm geschenkt hatte, an jede Berührung, die sie miteinander geteilt hatten. Er erinnerte sich an den Ausdruck in ihren Augen, als er die Bar verließ. Sie hatte nicht gewollt, dass er geht. Das hatte er gespürt. Warum war er nicht geblieben? War er einer dieser Kerle, der seine Angebetete nicht teilen wollte? Dem eine platonische Liebe nicht ausreichte? Verdiente Marie es etwa nicht, dass er seine Gefühle in den Hintergrund rückte und sie so liebte, wie sie es sich offenbar wünschte: als Freund?!

Er nahm sein Handy und scrollte nach Maries Namen. Sein Daumen schwebte über ihrer Nummer. Warum hat sie ihn nicht noch einmal angerufen? Oder ihm eine

Nachricht geschickt? Entmutigt packte er das Handy beiseite. Sicher hatte sie ihm nur ›Lebewohl‹ sagen wollen.

Als er am Bahnhof ankam und zum Gleis lief, piepte es in seiner Tasche. Katharina wollte bestimmt wissen, um wieviel Uhr er in Frankfurt ankäme. Auf dem Display erschien eine SMS. Abrupt blieb Aaron stehen. *Marie!*

```
Hallo Aaron,
können wir uns treffen?
Ich bin im Ma-Rie-Lou.
Bitte komm vorbei!
Ich bin den ganzen Tag hier.
Fahr nicht zurück nach Frankfurt,
ohne dich zu verabschieden, hörst
du???!!!
```

Sie wollte ihn sehen. Daran gab es keinen Zweifel. Aaron machte auf dem Absatz kehrt. Ohne Marie zu antworten, machte er sich auf den Weg zu ihr. Unterwegs schickte er Katharina eine Nachricht, dass er erst am Abend in Frankfurt ankommen würde. Und dann, schwor er sich, würde er ihr die Wahrheit sagen…

Als Aaron am *Ma-Rie-Lou* ankam, war die Bar verschlossen. An der Tür klebte eine Notiz: *Bin in 30 Minuten zurück!* Er schaute auf seine Armbanduhr: 10:46 Uhr. Er blieb vor dem Eingang stehen und schaute immer wieder von links nach rechts und auf die gegenüberliegende Straßenseite. 10:49 Uhr. Jede Minute kam ihm vor, als seien es zehn. Er rieb Daumen und Zeigefinder aneinander und wippte ungeduldig auf und ab. Die klirrende Kälte kroch in seine Knochen. Er beschloss, vorm Gebäude auf und abzulaufen, um nicht vollends auszukühlen. 10:56 Uhr. Gerade, als er Marie schreiben wollte, dass er in einem Café auf sie warten würde, sah er von weitem ein Michelin-Männchen um die Ecke biegen. Er erkannte sie sofort, nicht nur an ihrem weißen, aufgeplusterten Mantel, sondern vor allem an ihrem Gang, der schon als Kind kraftvoll und zielgerichtet war. Langsam durch die Stadt zu schlendern… das war Marie immer eine Qual gewesen. Zügigen Schrittes überholte sie dann bummelnde Menschen, die ihr den Weg versperrten. Jetzt war Aaron ihr Ziel!

»Hey!«, sagte sie schnaubend, als sie an der Bar ankam. Sie war erleichtert, Aaron zu sehen. Seine Nase und Backen waren gerötet.

»Wartest du schon lange?«

»Nur ein paar Minuten.«

»Ich musste kurz nach Hause. Ich hatte mein Handy vergessen und ich dachte, falls du dich meldest…« Sie stockte. Sie scheute sich, die gestrige Situation anzusprechen. »Danke, dass du gekommen bist.«

Aaron erwiderte nichts. Er nickte nur. Er war froh, sie zu sehen, gleichzeitig wusste er nicht, wie er sich verhalten sollte. Maries Blick wanderte zu seinem Trolley. Sie griff nach dem Henkel: »Ich will dir was zeigen. Ist nicht weit weg!«

Aaron folgte Marie, die mit seinem Koffer los eilte. Im Gegensatz zu gestern hatte sie sich nicht bei ihm eingehakt; sie marschierte zügig voraus, während Aaron einige Schritte hinter ihr blieb. Ein betretenes Schweigen lag in der Luft. Erst, als sie die Pforte eines Parks passierten, sagte Marie wieder etwas: »Das ist der Viktoriapark!«

In der Anlage waren nur wenige Menschen unterwegs. Die Grünflächen, Bäume und Büsche waren mit Unmengen von Schnee bedeckt; selbst die Wege und Pfade waren mit dem weißen Gold überzogen, tapeziert mit schwarzen Kieselsteinen, die die Besucher am Ausrutschen hindern sollten. Aaron bemerkte, dass Marie langsamer wurde. Er bemerkte, wie ihre Gesichtszüge weicher wurden und ihre Atmung gleichmäßiger. Die pflanzlichen Lebewesen um sie herum schienen eine beruhigende Wirkung auf sie auszuüben. An einer Tafel blieb sie stehen und deutete auf die Inschrift, in der die Historie des Parks beschrieben war. Marie wusste, dass Aaron solche Infos begeistert aufsog. Schließlich hatte er sich schon zu Schulzeiten für die deutsche Geschichte interessiert. Heute war das anders. Er ging einfach weiter. Ihm war nicht nach Lesen zumute. Er hätte sich sowieso nicht konzentrieren können, die Wörter wären an ihm vorbeigerast wie Sternschnuppen am Horizont. Marie wusste, dass sie das nahende Gespräch, das sie schon seit drei Tagen verschleppte, nicht weiter hinauszögern konnte. Am Kreuzbergdenkmal angekommen, stieg sie die Stufen hinauf und ließ sich auf dem letzten Absatz nieder. Aaron hockte sich neben sie.

»Das ist es, was ich dir zeigen wollte.« Sie blickte in die Ferne. »Ich komme schon seit Jahren hier her. Ich liebe das Chaos der Stadt, aber wenn ich nachdenken muss, zieht es mich hier her. Dann schaue ich über die Dächer der Stadt, bis wieder Klarheit in meinem Kopf herrscht.«

Aaron lugte zu ihr rüber. Eine Träne blitzte in ihren Augenwinkeln auf. »Warum bist du damals abgehauen, Marie? Warum wolltest du nichts mehr mit mir zu tun haben?« Endlich hatte er es gewagt *die* Frage auszusprechen, die sich seit über zehn Jahren wie ein Parasit in seinen Verstand eingenistet hat.

Marie atmete tief ein, als müsse sie sich für einen langen Tauchgang vorbereiten: »Es hatte nichts mit dir zu tun, Aaron«, sie hielt inne, »Weißt du noch… der Brief von meiner Mutter?«

Natürlich wusste er noch um den Brief. Und er wusste, wie sehr sich Marie schon lange davor gequält hatte. Wie sie die fehlende Zuneigung und Anerkennung ihres Vaters mit Alkohol und Drogen zu betäuben versuchte.

»Ich war damals so verzweifelt… Du kannst dir gar nicht vorstellen, wie verzweifelt ich war. Ich habe mich so unendlich leer gefühlt!« Marie schluckte. »Ich habe mich so ungewollt gefühlt. So allein…«

»Du warst nicht allein«, unterbrach er sie, »*ich* war doch da… Ich war doch *immer* für dich da!!!«

Es verletzte ihn, dass Marie sich so einsam gefühlt hat, obwohl er wusste, dass seine Liebe nicht die gewesen war, nach der sie sich damals gesehnt hatte. Für einen kurzen Moment schwiegen sie. Dann setzte Marie erneut an:

»In dieser Nacht sind so viele Dinge passiert…« Sie überlegte, ob sie ihm von der Vergewaltigung erzählen sollte… Sie entschied sich dagegen. Sie kannte Aaron; er würde sich eine Mitschuld geben. Natürlich war das absurd – und trotzdem: Marie wusste, dass er sich grämen würde, schließlich hat er sich immer für sie verantwortlich gefühlt.

»Als du mir gesagt hast, dass du mich liebst…« Marie hielt wieder einen Augenblick inne. Sie suchte nach den richtigen Worten… »Ich wollte nicht auch noch meinen besten Freund verlieren!«

Ein Stich traf Aaron ins Herz. Also doch. Sie liebte ihn nicht. Sie hatte ihn nie geliebt. Weder damals noch heute. Er wendete seinen Blick von ihr ab. Hätte ihm eine Freundschaft gereicht? Hätte er nach der Nacht, in der sie sich geküsst hatten, einfach zur Tagesordnung übergehen können? Würde es ihm heute genügen, nur mit Marie befreundet zu sein? Aaron beobachtete, wie dicke Schneeflocken zum Boden segelten; er ließ eine auf seiner Handfläche landen. Er überlegte, wann er sich das letzte Mal so leicht gefühlt hat – schwerelos wie eine Schneeflocke. Es war lange her.

Aaron umfasste Maries Hände: »Du hättest mich nicht verloren! Ich hätte akzeptiert, dass du nicht dieselben Gefühle hast wie ich…« Hatte er Marie gerade belogen? Hatte er sich selbst belogen? Vielleicht. Er wusste es nicht…

Mehr und mehr Schneeflocken stürzten vom Himmel herab. Für eine Weile saßen sie stumm nebeneinander; jeder für sich in seine eigene Gedankenwelt vertieft. Marie dachte an den Morgen, an dem sie Frankfurt verlassen hat. Die Ereignisse waren noch immer in ihrem Gedächtnis präsent, als seien sie erst gestern geschehen:

★

Ein Alptraum riss sie aus dem Schlaf. Ihr Herz raste, tausende Schweißtropfen perlten von Stirn und Rücken hinab. Die Wolfsköpfe der letzten Nacht bellten sich ihren Weg zurück in ihr Gedächtnis. Schlagartig wanderten ihre Hände zu ihrer Vulva. Ekel überkam sie. Sie schlich ins Badezimmer. Dort übergab sie sich ins Waschbecken. Im Spiegel vor sich sah sie eine junge Frau. Sie kam ihr fremd vor. Die Frau im Spiegel starrte sie mit leeren Augen an. Der Anblick war für sie kaum zu ertragen. Ein Gefühl von Abscheu kam über sie; am liebsten hätte sie die Scheibe vor sich zerschlagen. Angewidert wandte sie sich ab und sprang unter die Dusche.

Sie riss den Hahn auf; beinahe kochend heißes Wasser donnerte über ihren Körper. Ihre Haut brannte. Im gesamten Raum verbreitete sich alsbald ein dampfender Schleier. Erst, als ihr Leib mit roten Flecken übersät war, stellte sie das Wasser ab. Sie stopfte ihren Slip in den Mülleimer und legte ein paar Lagen Toilettenpapier darüber. Mit BH und Handtuch umgebunden, huschte sie über den Flur zurück ins Zimmer. Aaron schlief tief und fest. Sie setzte sich auf die Bettkannte und betrachtete ihn: Er sah friedlich aus. *Glücklich.* Sie schluckte. Szenen der letzten Jahre galoppierten durch ihren Verstand… Wie oft sie Aaron versetzt hat, wenn sie sich verabredet hatten. Wie oft sie ihn mitten in der Nacht angerufen hat, damit er sie von irgendeiner Party abholte. Wie oft sie ihre Wut an ihm ausgelassen hat.

Sie strich ihm vorsichtig eine Strähne aus dem Gesicht. »Es tut mir leid!«, flüsterte sie.

★

Damals hatte sie sich geschworen, dass es das letzte Mal sein würde, dass sie Aaron weh täte. *Das letzte Mal!* Doch jetzt saß sie neben ihm – eine Dekade später – und wusste, dass sie es wieder getan hat. Dass sie ihn wieder verletzt hat! Wie gerne hätte sie ihm offenbart, wie oft sie in all den Jahren an ihn gedacht hat… Wie oft sie kurz davor gewesen war, ihn anzurufen. Wie gerne hätte sie ihm gesagt, dass sie zu jener Zeit glaubte, dass sie nicht gut genug sei für ihn, dass sie es noch heute glaubte. Wie gerne hätte sie ihm *all das* gesagt…

»Freunde?«, fragte Aaron nach einer Weile und hielt Marie zur Besiegelung den kleinen Finger hin.

»Freunde!«, entgegnete Marie und hakte ihren kleinen Finger bei dem seinen ein. Sie entschloss sich, die Wahrheit im Verborgenen zu lassen – wie ein verschollenes Schiff am Meeresgrund.

In der Küche setzte Marie heißes Wasser auf. Aaron schaute sich neugierig um: Der dunkelbraune Esstisch, an dem er saß, war bereits von einigen Kratzern und Kerben gezeichnet. Er war schmal und rechteckig. *Wahrscheinlich Siebzigerjahre.* An einer Wand stand ein Küchenschrank aus pastellgelb gebeiztem Holz mit einer Schiebetür aus Glas in der Mitte. *Vermutlich aus den Fünfzigern oder Sechzigern.* Eine große Pflanze stand in der Ecke, weitere kleine Töpfe mit Kräutern drängten sich auf der Fensterbank um den besten Platz in der Sonne. An dem Heizkörper hing ein Korb, in dem eine Katze schlief. Der große Kühlschrank war mit Magneten zugekleistert. *Ob Marie all die Länder selbst bereist hat?* Die Wände waren in einem kräftigen Grün gestrichen. Bunte Bilder hingen an den freien Flächen. Neben dem Mülleimer lag eine Unterlage, auf der vier Näpfe platziert waren. Darüber hing ein Regal, auf dem leere Einweggläser kreuz und quer übereinander gestapelt waren. Die rote Küchenzeile war ungleichmäßig lackiert. *Die stammt bestimmt auch aus den sechziger oder siebziger Jahren.* Auf den Schranktüren klebten Cocktailrezepte; auf der Arbeitsplatte tummelten sich zahlreiche Gewürzgläser und

Kleingeräte. Der gesamte Raum war Zeugnis eines turbulenten Lebens. Ganz anders als bei ihm zuhause, wo weiß lackierte Oberflächen und Ordnung die Atmosphäre der Küche dominierte. *Ja, eigentlich passen wir gar nicht zusammen!*

»Ingwer, Pfefferminze oder Italienische Limone?« Maries Stimme holte Aaron zurück aus seinen Gedanken. »Wir haben auch noch… Moment…« Sie kramte in einer Schublade, drehte sich um und streckte Aaron zwei Schachteln entgegen: »Kräuter Balance und Detox! Und Kakao habe ich natürlich auch im Angebot…« Sie lachte.

Aaron überlegte einen Moment. Eigentlich hatte er keinen Durst. Er hatte nach dem Besuch im Park direkt zum Bahnhof gewollt, doch Marie hatte darauf bestanden, sich vorher noch ein wenig bei ihr aufzuwärmen. Es war, als wollte sie das Unvermeidliche hinauszögern.

»Ich nehme dasselbe wie du.«

Marie nahm zwei Teebeutel der italienischen Limone: »Das ist meine Lieblingssorte. Die erinnert mich immer an die Zitronen von Vallone dei Mulini!« Sie stellte Aaron eine Tasse hin und setzte sich neben ihn an den Tisch.

»Amalfiküste?«, fragte Aaron und ließ den Teebeutel auf und ab tauchen.

»Ja, wir haben letztes Jahr einen Roadtrip durch Italien gemacht – bis runter nach Termini!«

»Du und Lou?«

Marie stockte. »Nein, ich… ich und Volkan.«

Natürlich. Ich Trottel. Volkan. Den hatte Aaron ganz vergessen. Es war ihm peinlich, dass er nicht direkt an Maries Freund gedacht hatte.

»Nochmal wegen Volkan… Es tut mir leid, dass ich dir nichts von ihm erzählt habe. Ich wollte dir das nicht verheimlichen… Es hat sich einfach nicht ergeben und…«

»Schon gut«, unterbrach Aaron Marie und pustete kräftig in die Tasse vor sich, »ich habe ehrlich gesagt auch vergessen, dir von meiner Freundin zu erzählen.« Aus den Augenwinkeln sah er den überraschten Blick Maries. »Eigentlich ist sie sogar meine Verlobte!«, sagte er triumphierend.

»Das… das ist ja toll«, stammelte Marie.

Es kam Aaron vor, als hätte er Marie gerade in einem Zweikampf geschlagen. Kaum hatte er den Satz ausgesprochen, ärgerte er sich über seinen süffisanten Tonfall. Was hatte er damit bezwecken wollen? Ihr beweisen, dass sich andere Frauen für ihn interessieren?

Er räusperte sich: »Ihr Name ist übrigens ›Katharina‹. Sie ist zweiunddreißig und Ärztin. Wir passen wirklich gut zusammen…«

Marie verschränkte die Arme vor der Brust.

»Katharina ist echt klasse. Sie ist unheimlich klug; sie erforscht die Entstehung von Alzheimer…« *Gib Marie doch gleich ihren ganzen Lebenslauf!*

»Schön für dich, dass du die *perfekte* Frau gefunden hast«, sagte Marie trotzig und schnappte sich Aarons Tasse. Sie schüttete den Inhalt samt Teebeutel in die

Spüle. »Was sollte das Affentheater dann gestern? Spielst die beleidigte Leberwurst, nur weil ich dir nicht von Volkan erzählt habe, und dabei hast du selbst eine Freundin! Nein, sogar eine Verlobte!!!«

»Bist du etwa eifersüchtig?«

Marie warf den Kopf in den Nacken und lachte höhnisch: »Pffff, eifersüchtig? Ich? Ganz sicher nicht!«

Doch, bist du! Aaron kippelte mit dem Stuhl und grinste: »Warum regst du dich dann so auf?«

Marie wurde wütend. Natürlich hatte Aaron recht – sie war eifersüchtig. Es machte sie rasend, dass Aaron vergeben war, dass er heiraten würde. Aber was hatte sie erwartet? Dass er mit dreißig noch Single war? Dass er ewig auf sie warten würde? Marie drehte Aaron den Rücken zu, riss den Wasserhahn auf und jagte mit dem Schwamm über das Geschirr wie Bürsten über die Autos in einer Waschanlage. Wie von Sinnen schrubbte sie Tassen, Teller und Besteck, bis es klirrte.

»Aua!«

Erschrocken sprang Aaron auf und eilte zu Marie. Eine tiefe Furche zog sich quer über ihre Handfläche vom Daumen bis zum kleinen Finger. Marie bewegte sich nicht. Aaron packte ihren Arm und ließ Wasser über die Wunde laufen. »Wir brauchen ein sauberes Tuch!«

Marie antwortete nicht. Sie starrte auf ihre Hand, aus der das Blut spritzte wie aus einer Fontäne.

»Marie! Wo sind eure Handtücher?«, schrie Aaron sie an. Wieder keine Antwort. Er ließ Marie los und riss sämtliche Schubladen und Schranktüren auf, bis er einen Stapel frischer Geschirrhandtücher fand. Zitternd wickelte er ihr eines um die Hand und band einen festen Knoten. Noch immer war Marie wie versteinert. Aaron dirigierte sie zu einem Stuhl und hockte sich vor sie. Er begutachtete den Verband: Das weiße Geschirrtuch hatte sich innerhalb Sekunden rot gefärbt, die Blutung aber war gestoppt. Erst jetzt entdeckte er die Narbe über Maries Handgelenk. Vorsichtig fuhr er mit seinem Daumen über die dicke Linie. War es das, was er befürchtete? Ihm wurde flau im Magen. Sein Blick wanderte hoch zu Marie. Ihre Augen waren glasig. Er rutschte auf die Knie, in Augenhöhe Maries, und schaute sie eindringlich an: »Wir sollten ins Krankenhaus fahren. Ich glaube, es ist besser das nähen zu lassen…«

Marie begann zu weinen. Sie heulte bitterlich. Sie warf ihre Arme um Aarons Oberkörper und klammerte sich an ihn. Behutsam streichelte er ihren Rücken, bis ihr Schluchzen allmählich verstummte.

Marie drückte ihr Gesicht an Aarons. Er fühlte, wie ihre Tränen seine Haut benetzten. Er fühlte, wie Maries Lippen plötzlich auf sein Ohr pressten, wie sie sich von dort aus – fast unauffällig – einen Weg zu seinem Mund suchten. Er spürte die salzigen Lippen Maries auf den seinen. Sein Herz begann zu beben. Sie küsste ihn. Immer wieder traf ihr Mund den seinen. Aaron schloss die Augen. Träumte er? War das ein Traum? Er spürte, wie Maries Küsse drängender wurden. Ihre Zunge stürmte in seinen Mund. Ein Pochen durchzog seine Leistengegend. Er öffnete seine Augen. Es war kein Traum. Sie küssten sich. Es fühlte sich wie damals an – ein Kribbeln rauschte durch seinen Körper, unaufhaltsam, wie tosende Wellen auf dem Ozean.

Marie stand auf und zog Aaron hoch. Er verbarg die Hände vor seinem Schritt. Er folgte Marie in ihr Zimmer, wo er sich aufs Bett setzte. Marie schloss die Tür hinter sich und begann, sich auszuziehen. Kleidungsstück um Kleidungsstück fiel zu Boden, bis sie in völliger Blöße vor ihm stand. Das Pochen in Aarons Leistengegend wurde heftiger. Sein Blick wanderte über Maries Beine zu ihrer Vulva. Am Venushügel prangte ein silbernes Piercing. Aaron schluckte. Seine Augen kletterten weiter, über Maries wallenden Bauch bis hin zu ihren üppigen Brüsten. Im linken Nippel steckte ein Stab mit pinken Steinen. Er spürte die Enge in seiner Hose.

Ohne ein Wort zu sagen, kniete sich Marie vor ihn. Für einen Augenblick verharrte sie so und schaute Aaron direkt in die Augen. Es schien, als wolle sie ihn ermutigen, sie zu berühren; als wolle sie ihm zu verstehen geben, dass er nicht träumte. Wie oft hatte er sich vorgestellt, Marie zu fühlen, sie zu riechen, sie zu schmecken. Doch jetzt wagte er es nicht, seine Hände über ihren Körper gleiten zu lassen. Er schaute sie einfach nur an – *seine* Marie.

Marie bemerkte Aarons Nervosität. Sie bemerkte seine Scham. Sie bemerkte sein Glied, das sich deutlich unter der Hose abzeichnete. Sie öffnete den Reißverschluss und schob Aarons erigierten Penis aus seinem Slip. Der Anblick erregte sie. Sie beugte sich über ihn und ließ ihre Zunge um seine Eichel spielen; erst langsam, dann schneller. Aarons Keuchen drang in ihre Ohren. Als es lauter wurde, hörte sie auf und legte sich aufs Bett hinter ihn. Sie beobachtete, wie Aaron hastig seinen Pullunder zusammen mit Hemd und Unterhemd über seinen Kopf streifte. Wie er seine Hose und seinen Slip auszog und sich dabei beinahe verhedderte. Wie er sich zu ihr umdrehte und einen Moment innehielt. Sie musterte ihn, wie er sie gemustert hatte: Seine Haut war blass, hier und da zeigte sich ein kleines Muttermal. Im Schambereich kräuselten sich dunkelblonde Haare; Hüftknochen und Schlüsselbein ragten in die Höhe, auch der Brustkorb zeichnete sich deutlich ab. Es störte sie nicht. Auf seinen Armen traten Venen hervor; sie schlängelten sich dick und bläulich vom Handrücken über Unterarm bis zu den Ellenbogen. Sie spürte, wie das Blut in ihre Klitoris strömte.

Aaron rutschte zu Marie rüber, die vor ihm lag wie Goyas nackte Maja. Vorsichtig schob er ihre Beine auseinander und legte sich auf sie, ohne in sie einzudringen. Er umfasste mit beiden Händen Maries Brüste. Sie waren warm und weich. Er drückte seine Lippen auf ihren Mund. Beinahe zeitlupenartig küsste er abwechselnd ihre Unter- und Oberlippe. Wieder und wieder. Dabei fixierte er Maries Augen. Wie damals, verlor er sich in den

Weiten ihrer Galaxie. Ein Gefühl völliger Schwerelosigkeit kam über ihn. Maries Körper begann unter ihm zu pulsieren; er spürte, wie sie ihr Becken immer energischer gegen seinen Unterleib presste. Sie wollte ihn – jetzt, sofort! Mit einem Mal führte er sein Glied in sie ein…

Benommen lag Aaron auf dem Rücken. Sein Schnaufen hallte durch den Raum. War das wirklich gerade passiert? Hatte Marie mit ihm geschlafen? Er drehte seinen Kopf nach links. *Ja, es ist passiert!* Marie lag neben ihm – nackt und keuchend. Es war anders, als er es sich vorgestellt hatte. In seiner Fantasie hatte Marie meist auf ihm gesessen oder er hatte sie von hinten genommen. In seiner Fantasie hatte sie ihm schmutzige Wörter ins Ohr gehaucht. In seiner Fantasie hatte sie laut gestöhnt. Nichts von dem hatte der Realität entsprochen. Es war anders, überlegte er, aber nicht weniger schön. Er hatte bisher nur mit zwei Frauen geschlafen: mit einer Unbekannten auf einer Party, um mit einundzwanzig endlich seine Jungfräulichkeit zu verlieren, und mit Katharina.

Der Sex zwischen ihm und Katharina war von Beginn an leidenschaftslos; er fand immer in völliger Dunkelheit statt und wenn sie einen Orgasmus hatte, presste sie ihm ein Kissen aufs Gesicht. Er durfte nicht sehen, wie sie sich ihm hingab. Es war, als wäre ihr der ganze Akt unangenehm. Marie dagegen durfte er in ihrer ganzen Pracht genießen, sie mit jedem seiner Sinne erleben. Er durfte ihr dabei zuschauen, wie sie ihre Augen zusammenkniff und ihre Stirn runzelte, als sie zum Höhepunkt kam. Sie war frei und ungehemmt. Ja, es ist sogar noch besser gewesen als in seiner Vorstellung!

Marie fühlte, wie Aaron sich an sie kuschelte. Sie spürte sein erschlafftes Glied an ihrem Hintern, seinen feuchten Atem in ihrem Rücken. War das wirklich gerade passiert? Hatte sie mit ihm geschlafen? *Ja, verdammt!* Es war genauso, wie sie es sich ausgemalt hatte: Ihre Körper harmonierten im Rhythmus des gegenseitigen Verlangens; ihre Seelen spazierten Hand in Hand in der Gewissheit der gegenseitigen Liebe. Es war schön, unglaublich schön, dachte Marie, aber es hätte nicht passieren dürfen. Was war nur in sie gefahren? Eine Lawine aus Schuldgefühlen brach über sie ein. *Es darf nicht sein,* redete sie sich ein. *Es darf nicht sein!* Sie und Aaron hatten keine Zukunft. Sie hatten keine Chance. Weder heute noch damals. Er würde heiraten, sie war mit Volkan zusammen und sie würde… Bevor sie ihren Gedanken zu Ende führen konnte, bemerkte sie, dass ihre Hand schmerzte. Unterbewusst hatte sie in die offene Wunde gedrückt; Blut sickerte durch den Verband. Ein Gefühl von Hass ergriff sie, Hass auf sich selbst.

»Es war unglaublich«, flüsterte Aaron Marie ins Ohr.

Unvermittelt schoss Marie hoch und sammelte ihre Kleidung auf.

»Was… Was ist los? Habe ich was falsch gemacht?«

Sie hörte die Unsicherheit in Aarons Stimme, seine Angst.

»Nein, aber… zieh dich bitte einfach an!«

Irritiert folgte Aaron Maries Anweisung.

»Es ist besser, wenn du jetzt gehst!«

»Was… Was redest du da?«

Marie konnte Aaron kaum in die Augen schauen. Sie wusste, dass sie ihm das Herz brechen würde, ihm und sich selbst. »Was gerade passiert ist – das hätte nie passieren dürfen!«

Aaron starrte Marie fassungslos an. »Ich… Ich verstehe nicht…«, stammelte er.

Marie ging zum Fenster und verschränkte die Arme vor der Brust. Aaron stand wie angewurzelt auf der anderen Seite des Bettes. Er war blass. Vor ihr stand ein geschundenes Tier, das von seinem Herrchen wieder und wieder gedemütigt wird. Dem weh getan wird und das trotzdem nur Liebe für sein Herrchen empfindet. »Das mit uns… Das war ein Fehler!«

Ein Fehler? Sie konnte das nicht ernst meinen, dachte Aaron. Er musste sich verhört haben. Sein Herz trommelte gegen seinen Brustkorb; seine Knie wurden weich.

»Das meinst du nicht ernst!«

»Doch! Und ich will, dass du jetzt gehst«, fauchte sie.

Aaron wollte Maries Worten keinen Glauben schenken. Das konnte sie nicht ernst meinen! Er sprang übers Bett und packte Marie an ihren Schultern: »Das meinst du nicht ernst! Ich weiß, dass du etwas für mich empfindest… Ich weiß es!!!« Es war, als wollte er die Wahrheit aus Marie herausschütteln.

Marie schlug Aarons Arme von sich. »Ich liebe dich nicht, Aaron«, brüllte sie, »Ich habe dich *nie* geliebt! Geht das nicht in deine scheiß Birne?«

»Das glaube ich dir nicht«, sagte Aaron platt, »Du lügst!«

Marie überkam eine unbändige Wut. Sie stieß Aaron aus voller Kraft aufs Bett: »Ich habe nur aus Mitleid mit dir gefickt! Kapierst du das nicht? Einen Mitleidsfick hast du bekommen, damit du mich endlich in Ruhe lässt!« Sie sah, wie sich Aarons Augen mit Tränen füllten, wie seine Welt zusammenbrach. Sie hatte das Tier endgültig erledigt.

Marie wandte sich ab und schaute aus dem Fenster. Sie beobachtete ein Paar, dass die Straße entlang lief, zwischen sich ein kleines Kind an den Händen. Das Kind lachte. Die Eltern staunten über ihr Werk, das sie da zustande gebracht hatten; sie strahlten einander selig an. Es war ein stummes Schauspiel einer kleinen, glücklichen Familie. Einer Familie, die sich Marie noch immer wünschte...

Sie stand vor einem tristen mehrstöckigen Gebäude. In den Fenstern des letzten Stocks brannten alle Lichter. *Hier muss es sein,* überlegte Marie. Feine Tropfen nieselten auf sie herab, der Schnee der vorherigen Wochen war komplett weggeschmolzen. Es war viel milder als es Anfang März sein sollte, Vögel zwitscherten von den Dächern, die ersten Gräser und Osterglöckchen zwängten sich zwischen den Betonplatten des Gehwegs empor.

Marie schloss ihre Augen und reckte ihren Kopf gen Himmel. Der Regen legte sich wie ein Seidentuch über ihr Gesicht. Aaron kam ihr in den Sinn. *Längst,* dachte sie, *hätte er sich einen Unterschlupf gesucht.* Aaron war nie besonders wetterfest gewesen. Schon als Kind ging er nur mit Regencape, Gummistiefeln und Schirm aus dem Haus, sobald in den Nachrichten auch nur ein paar Tropfen Niederschlag angesagt wurden. Marie dagegen liebte es, wenn es draußen so richtig stürmte; wenn das Wasser in Bächen die Straßen herunterlief, wenn es am Himmel grölte und leuchtete. Obwohl Aaron sich dann am liebsten in seine vier Wände verkrochen hätte, hatte er Marie trotzdem immer in den Garten oder in den nahegelegenen Park zum Spielen begleitet. Es bedurfte keiner großen Überredungskunst; bei allem, was Marie vorgeschlagen hatte, war er dabei gewesen – egal wieviel Angst er gehabt hatte. So war es auch an jenem Julinachmittag, Mitte der Neunziger Jahre, an den Marie nun denken musste:

*

Am Himmel hatte sich ein Unwetter zusammengebraut. Wie jeden Ferientag hatte sich Marie mit Aaron zum Spielen verabredet; meist werkelten sie an ihren Fahrrädern im Schuppen oder gingen in einen nahegelegenen Park, um dort auf Bäume zu klettern und Eichhörnchen zu jagen. »Jetzt stell dich nicht so an!«, hatte Marie zu Aaron gesagt, als sie ihn aufforderte mit in den Garten zu kommen. Der Horizont hatte sich bereits dunkel gefärbt, in der Ferne funkelte es. Es konnte nur noch wenige Minuten dauern, bis das Unwetter sie erreichen würde. Marie stand im Badeanzug vor Aaron und hatte ihre Arme demonstrativ vor ihrer Brust verschränkt. Eine Ausrede würde sie nicht gelten lassen. Aaron war unsicher; er fürchtete sich, wollte aber vor Marie nicht als Feigling dastehen. Sie war stets mutig, beschützte ihn vor den Jungs, die ihn auf dem Schulhof wegen seines Aussehens hänselten, und hob immer als Erstes die Hand,

168

wenn die Lehrerin im Chemieunterricht Assistenz für ihre Experimente benötigte. »Na gut«, willigte Aaron ein und streifte sich seine Klamotten vom Leib, »aber nur kurz!« Marie sprang vor Aufregung auf und ab; sie konnte es kaum erwarten, den Regen gleich auf sich niederprasseln zu lassen. Als sie rauskamen, fielen schon einige dicke Tropfen vom Himmel; es war erdrückend schwül. Aaron blieb einen Moment auf der Terrasse unter dem schützenden Vordach stehen. Ein mulmiges Gefühl beschlich ihn, als er die Lichter am Himmel sah, die auf sie zukamen. »Jetzt komm schon«, rief Marie, die bereits mit nackten Füßen in der Mitte des Rasens stand und ihre Hände nach oben streckte, »Es geht gleich los!« Zögernd lief Aaron zu ihr und stellte sich neben sie. Über ihnen hing eine riesige schwarze Wolke. Ein mächtiger Knall ließ Aaron zusammenzucken. Marie nahm seine Hand. Sie würde ihn beschützen vor dem tobenden Kampf, der da oben am Himmel ausgetragen wurde. Gewaltige Tropfen stürzten auf sie herab; Marie schnappte sich Aarons andere Hand und drehte sich mit ihm im Kreis. Sie wusste, dass sie ihn damit zum Lachen bringen würde. Nach ein paar Drehungen fing Aaron an zu prusten. Bald klatschte das Gras unter ihren Füßen, der Boden konnte die Wassermassen kaum aufnehmen. Es donnerte und funkte im Sekundentakt. Hand in Hand tanzten sie zu dem tosenden Orchester, das über ihnen spielte, bis es plötzlich krachte: Ein Blitz hatte die Krone des Kirschbaums entzwei gerissen. Ein riesiger Ast war nur ein paar Zentimeter neben ihr und Aaron gelandet. Ein paar Zentimeter, die den Unterschied gemacht hatten: zwischen Leben und Sterben…

★

Gott spielt ein seltsames Spiel, dachte Marie, und verbannte die Erinnerung an den Tag, an dem sie und Aaron dem Tod entronnen waren, zurück in ihr Gedächtnis. Sie öffnete die Augen. Sie war platschnass. Der feine Schauer hatte sich in einen heftigen Guss verwandelt. Es scherte sie nicht. *Es gibt kein Zurück!*, bestärkte sie sich und überquerte die Straße.

Auf dem Schild, das neben dem Eingang hing, hatte jemand in roter Farbe ein ›M‹ gesprüht. Sie drückte auf die Klingel. »Hallo?« Eine kindliche Stimme hallte durch die Sprechanlage. »Marie Weber… Ich habe einen Termin!« Ein Brummen entriegelte die Tür.

Der Hausflur war genauso trostlos wie das Gebäude selbst: Die Wände waren grau verputzt, am Ende des kahlen Korridors glänzten die silbernen Flächen eines Fahrstuhls. Marie drückte die *vier* und fuhr die Stockwerke hoch. Mit jeder Etage stieg auch ihre Nervosität. Oben angekommen, schaute sie sich um. Drei Türen. An einer war ein unauffälliges Schild befestigt: ›Dr. Sylvia Dornhagen, Praxis für Gynäkologie‹. Darunter hing ein laminiertes Blatt Papier: ›Bitte Klingeln!‹ Marie atmete tief ein und betätigte den Knopf.

Als die Tür sich öffnete, machte sich Erleichterung in Marie breit. Der Raum, in den sie trat, hatte nichts mit der Tristesse des Gebäudes gemein: Der Boden war mit rotem Teppich ausgelegt, die Wände waren in einem strahlenden Gelb gestrichen. Zu den Seiten der Garderobe stand je ein Kübel mit einer großen, grünen Pflanze. An der Decke hingen Lampen mit Rattanschirmen. Eine seltsam beruhigende Atmosphäre umgab diesen Ort.

Marie hängte ihre Jacke auf einen Bügel und ging zur Anmeldung. Auf dem Tresen standen drei Blumentöpfe in einer Reihe; weiße und pinke Orchideen blühten darin. »Frau Weber?«, fragte das junge Mädchen, das hinter dem Empfang saß. Auf ihrem Namensschild stand ›Laura Bernhard‹, darunter in kleinen Lettern das Wort ›Auszubildende‹. »Ja, genau«, entgegnete Marie und räusperte sich:

»Ich habe um zehn einen Termin.«

»Sie waren schon einmal bei uns?«

»Nein… Aber… Also ich habe letzte Woche angerufen«, stammelte Marie.

Die junge Angestellte scrollte im Computer. »Ah, da sind Sie ja«, sagte sie unvermittelt. Sie schien gefunden zu haben, wonach sie suchte: »Ich brauche bitte Ihre Beratungsbescheinigung und den Blutgruppennachweis.« Marie kramte in ihrer Tasche und fischte zwei zerknitterte Blätter Papier hervor. Hektisch strich sie diese glatt, bevor sie sie über die Theke schob. Marie musterte das Mädchen, das eifrig die Dokumente studierte, die Marie ihr gegeben hatte: Sie war sicher noch keine zwanzig. Mit langen, spitz gefeilten Fingernägeln tippte sie ein paar Daten in den Rechner ein. Auf ihren Augen klebten dicke, künstliche Wimpern. Die Augenbrauen waren pigmentiert; die Lippen waren offenkundig aufgespritzt. Sie glänzten von dem Gloss, den das Mädchen sich aufgetragen hatte. Ihr Gesicht glich dem einer Porzellanpuppe. Es war rund, die Haut war prall und glatt. Es wollte nicht so recht zum Rest ihrer Erscheinung passen, auch nicht der Pferdeschwanz, den sie sich mit einer roten Schleife zusammengebunden hatte.

Marie strich sich über ihren Schädel. Die Stoppeln piksten sie. Sie dachte an den Tag, als sie sich die Haare abrasiert hat. Es war der Tag, an dem sie sich entschieden hatte, zu *leben*. Kurzerhand hatte sie sich von Schwester Gisela ein Rasiergerät geliehen und war damit über ihren Kopf gefahren. Strähne um Strähne war zu Boden gefallen, Strähne um Strähne hatte sie sich für das Leben entschieden. Auf einmal vermisste sie ihren braunen vollen Schopf.

»Füllen Sie das bitte in Ruhe aus und bringen Sie es mir wieder, wenn Sie fertig sind! Das Wartezimmer ist hinten links.« Die piepsige Stimme der Auszubildenden hatte sich unter Maries Gedanken gemogelt. Marie nahm das Klemmbrett und ging an großen Gemälden mit Naturmotiven vorbei ins Wartezimmer, das ebenso einladend war, wie der Eingangsbereich: Auf den Fensterbänken standen weitere Töpfe mit verschiedenfarbigen

Orchideen, an jeder Wandseite standen vier Stühle – alle mit Polstern in verschiedenen Gelb- und Rottönen. In der Mitte stand ein ovaler, weiß lackierter Tisch; darauf Zeitschriften und ein Korb mit Süßigkeiten sowie eine Karaffe mit Wasser und dazu bunte Gläser. Aus den Lautsprechern tönte ein Meeresrauschen. Im ganzen Raum duftete es herrlich nach Magnolien.

Marie setzte sich auf einen freien Platz vor die großen Fenster. Sie ging die Bögen durch und kreuzte alles Nötige an: Nehmen Sie blutverdünnende Medikamente ein? *Nein.* Rauchen Sie? *Ja.* Haben Sie Allergien? *Nein.* Haben Sie schon einmal eine Narkose bekommen? *Ja.* Haben Sie schon einmal einen Abbruch durchgeführt? Marie stockte. Ihr wurde bewusst, warum sie an diesem Ort war; warum sie in diesem Raum saß, auf diesen bequemen Stühlen, berauscht von dem Duft lieblicher Blumen und den sanften Klängen des Ozeans. *Nein!* Sie setzte ein Kreuz in das Kästchen und malte es mehrmals kräftig nach. *Nein!* Marie schluckte. Zügig kritzelte sie ihre Unterschrift auf den Strich am Ende des Blattes und klemmte es zusammen mit dem Stift wieder ans Brett.

Vor der Anmeldung stand eine Frau in einem Kittel und unterhielt sich mit der Auszubildenden hinter dem Tresen. *Vielleicht die Ärztin,* überlegte Marie, als sie ihr entgegen lief. Sie fühlte, wie ihr Herz plötzlich schneller schlug. Die Frau im Kittel stand mit dem Rücken zu ihr; das schon leicht ergraute, dunkelblonde Haar hatte sie mit einer großen Klammer am Hinterkopf zusammengesteckt. An ihren Ohren hingen feine, tropfenförmige Ohrringe. Die Auszubildende entdeckte Marie als Erstes und als sie in ihre Richtung schielte, drehte sich auch die Frau im Kittel um. »Ach du meine Güte, Sie sind ja klatschnass!«, sagte sie. Marie bemerkte erst jetzt, dass ihre Hose bis zu den Knien durchnässt war und Wasser aus ihren Ärmeln tropfte. Sie wischte mit beiden Händen über ihre Wangen und betrachtete ihre Finger, an denen die schwarze Schminke haften geblieben war. Sie musste aussehen wie ein Pandabär.

»Laura, sei so lieb und hol der jungen Dame ein Handtuch!«

»Klar… sofort!« Wie von einer Wespe gestochen sprang die junge Mitarbeiterin aus dem Bürostuhl auf, sichtlich beschämt, dass sie nicht selbst auf die Idee gekommen war, Marie etwas zum Trocknen anzubieten.

»Ich bin Frau Dornhagen. Das können Sie mir ruhig geben…« Die Ärztin lächelte und nahm Marie das Klemmbrett ab. »Darf ich Ihnen einen Tee anbieten?«

Marie musste plötzlich an ihre Mutter denken. Angélique müsste jetzt ungefähr im gleichen Alter sein wie die Ärztin, die sie mitfühlend anschaute. Wie sie wohl aussieht? Ob sie sich manchmal an sie erinnert? Ob sie es bereut, sie verlassen zu haben? Jahrelang hatte Marie keinen Gedanken mehr an ihre Mutter verschwendet. In der Therapie hatte sie erkannt, dass es nicht ihre Schuld gewesen war, dass ihre Mutter sie nicht liebte. Verzeihen konnte sie Angélique zwar nicht, aber ihre Wut gegen sie hatte sich mit der Zeit in eine Art Gleichgültigkeit verwandelt. Sie hatte sich Stück für Stück verflüchtigt. Nach Monaten intensiver Gespräche mit dem Professor nannte sie ihre Mutter schließlich nicht mehr *Mama*, sondern bei ihrem Namen. Angélique war mit den Jahren zu einem Geist geworden, der nun plötzlich und ohne Ankündigung wieder in Maries Gedächtnis herumspukte.

»Ist alles in Ordnung mit Ihnen?« Besorgt schaute die Ärztin Marie an. Für einen Moment war Marie wie versteinert gewesen, verschollen in ihren eigenen Gedanken. Sie hatte nicht bemerkt, wie ihr ein Handtuch um die Schultern gelegt wurde und wie ihr jemand beim Abtrocknen half.

»Ein Tee wäre toll«, antwortete Marie. Sie war wieder im Hier und Jetzt.

»Setzen Sie sich nochmal ins Wartezimmer. Frau Bernhard bringt Ihnen gleich eine Tasse und dann sehen wir uns in ein paar Minuten wieder.« Die Ärztin nickte ihr wohlwollend zu und entschwand in einen Behandlungsraum.

Das Wartezimmer war noch immer leer. Marie setzte sich wieder auf einen Stuhl vor die Fenster. Kurz darauf brachte ihr die Auszubildende ein Tablett mit einer Tasse dampfendem Wasser, einer kleinen Auswahl an verschiedenen Teesorten und einer Dose Zucker. Marie entschied sich für Kamille. Die heiße Tasse in ihren Händen trieb ihr einen Schauer über den Rücken. Sie nahm erst jetzt wahr, dass sie am ganzen Leib zitterte. Sie überlegte, ob es die Kälte war, die ihren Körper beben ließ, oder die Furcht, die sie in ihrem Herzen spürte. Die Furcht vor dem, was sie im Begriff war zu tun. Sie pustete kräftig in die Tasse und gerade, als sie einen Schluck trinken wollte, ging die Tür auf. Vor Schreck zuckte Marie zusammen und der halbe Inhalt der Tasse landete auf dem Boden. Sie schaute auf den Fleck, der sich auf dem Teppich bildete; zum Glück war es nur Tee, er würde keinen bleibenden Umriss hinterlassen. Ihre Augen wanderten zu den zwei Frauen, die reingekommen waren, und die gegenüber von Marie Platz genommen hatten. Die eine war noch keine achtzehn; vielleicht sechszehn, wenn überhaupt, vermutete Marie. Ihre Augen waren stark gerötet – sie hatte offenbar heftig geweint. Noch immer wimmerte sie in ein Taschentuch. Die andere war deutlich älter. *Ob es die Mutter des Mädchens ist?* Sie hatte den Arm um sie gelegt. »Es wird alles gut«, flüsterte die Frau. *Ja, das muss die Mutter sein.* Die Tochter schmiegte ihren Kopf an die Schulter ihrer Mutter; die Mutter streichelte ihrer Tochter sanft über den Rücken. Marie nahm eine Zeitschrift und tat so, als würde sie lesen. In Wirklichkeit aber konnte sie ihren Blick nicht von den zwei Fremden abwenden. Immer wieder lugte sie über das Magazin zu ihnen rüber. »Wir schaffen das!«, sagte die Frau leise und strich dem Mädchen dabei die von den Tränen verklebten Haare aus dem Gesicht. Die Szene, die sich vor Maries Augen abspielte, löste ein seltsames Gefühl in ihr aus. Sie konnte es nicht einordnen. War es Mitgefühl?

Waren es Zweifel? War es Zuversicht? Seitdem sie erfahren hatte, dass sie schwanger ist, hatte sie an nichts anderes denken können als an Abtreibung. Sie wollte nicht, dass es diesem unschuldigen Kind, das in ihr wuchs, so ergeht, wie es ihr ergangen war. Was, wenn sie ihr Baby nicht lieben konnte? Was, wenn sie war wie Angélique? Unfähig zu lieben?

»Egal, wie du dich entscheidest, wir unterstützen dich!« Marie sah die Sorgen, die sich auf dem Gesicht der Mutter abzeichneten. Die Sorge um die Zukunft ihrer Tochter, wenn diese – beinahe selbst noch ein Kind – ein eigenes auf die Welt bringen würde. Die Sorge, wie sie das alles bewerkstelligen sollten. Vor allem aber sah Marie, wie sehr diese Frau ihre Tochter liebte. Bedingungslos. Die Mutter würde hinter der Entscheidung ihrer Tochter stehen, sie würde sie unterstützen, komme, was wolle. *Warum konntest du mich nicht lieben? Warum?* Es war Jahre her, dass Marie sich diese Frage gestellt hatte. Sie hätte es nicht für möglich gehalten, dass dieser Gedanke noch da war. Dass er anscheinend immer da gewesen war – irgendwo versteckt in ihrem Innersten; lauernd, nur auf die richtige Gelegenheit wartend, um wieder zuzuschlagen. Marie legte beide Hände auf ihren Bauch. Sie spürte ihr Herz heftig schlagen. »Es ist deine Entscheidung!«, sagte die Mutter erneut und schaute Marie dabei in die Augen. Es war das erste Mal, dass die Frau zu bemerken schien, dass sie und ihre Tochter nicht allein im Raum gewesen waren. Marie nickte ihr aufmunternd zu. Es war, als wollte sie der Fremden sagen, dass sie recht mit dem hatte, was sie ihrer Tochter zuvor gesagt hatte: *Es wird alles gut!*

»Frau Weber?« Die Ärztin stand im Raum und deutete Marie, dass sie an der Reihe war. *Es ist meine Entscheidung!* Sie folgte ihr.

VIERZEHN

Aaron wartete vor dem Gerichtsgebäude und beobachtete das Treiben vor ihm. Menschen aus allen möglichen Kulturkreisen flanierten an ihm vorbei, Frauen und Männer, Junge und Alte. Die Sonne brannte vom Himmel, es waren über dreißig Grad. Schon seit Tagen quälte eine Hitzewelle das ganze Land. Wieder und wieder tupfte er sich die Schweißperlen von der Stirn, die aus allen Poren krochen. Er lockerte seine Krawatte, die ihm die Luft zum Atmen nahm. Sein Blick wanderte zu seiner Armbanduhr: 11:57 Uhr. Bestimmt würde sie wieder zu spät kommen.

Er dachte an die Zeilen, die in dem Brief standen, der vor zwei Wochen plötzlich auf seinem Schreibtisch lag, und die ihn seitdem nicht mehr richtig schlafen ließen:

Ich weiß, dass ich es nicht verdiene, aber ich bitte dich trotzdem: Lehne meinen Wunsch nicht ab.

179

Er hatte lange überlegt, ob er ihrer Bitte nachkommen soll. Seit Ewigkeiten hatte er nichts mehr von ihr gehört. Seit sie ihm gesagt hatte, dass sie nur aus Mitleid mit ihm geschlafen hat. Zehn Jahre war das jetzt her. Zehn Jahre! Damals hatte er sich geschworen, Marie nie wieder zu sehen. Als er wieder in Frankfurt angekommen war, hatte er Katharina alles gestanden. Sie war sogar bereit gewesen ihm den Seitensprung zu verzeihen, schließlich hatte sie selbst seit einigen Monaten eine Affäre mit einem Kollegen. Aaron war nicht überrascht gewesen, sie hatten schon seit Jahren wie Bruder und Schwester zusammengelebt. Es hatte ihn nicht gestört – im Gegenteil: Er war beinahe erleichtert gewesen, dass sie ihm ebenfalls fremd gegangen war. Seine Erleichterung war ein weiterer Beleg dafür, dass er Katharina nicht liebte, und wenn sie ehrlich war, liebte sie ihn auch nicht. So hatten sie die gemeinsame Wohnung aufgelöst und ihre Angelegenheiten geregelt. Und es war kein Jahr vergangen, bis Katharina mit dem Kollegen vor dem Traualter stand. Aaron war zur Hochzeit eingeladen gewesen und er hatte sich ehrlich für Katharina gefreut. Er war froh, dass sie ihr Glück gefunden hatte.

Bei ihm hatte es deutlich länger gedauert, bis er wieder bereit für eine Beziehung gewesen war. Drei Jahre lang hatte er sich voll und ganz auf seine Arbeit am Gericht konzentriert. Es hatte für ihn nichts anderes gegeben als seine Karriere – keine Freizeit, keine Freunde und erst recht keine Frauen. Bis sein Vater ihn sich eines

Tages zur Brust nahm. Noch heute erinnerte sich Aaron an das Gespräch mit ihm, als wäre es gestern gewesen…

*

Sein Vater hatte ihn an einem Sonntag zum Kaffee eingeladen. Was früher eine willkommene Ablenkung für ihn gewesen war, hatte sich im Laufe der Jahre zu einem lästigen Pflichttermin entwickelt. Drei Mal hatte er seinem alten Herrn schon abgesagt. An jenem Tag aber, war er nicht darum herum gekommen. Sein Vater hatte ihm am Telefon gesagt, dass er etwas Wichtiges mit ihm besprechen müsse. Wenn Aaron nicht käme – so hatte er ihm gedroht – würde er am Montag bei Gericht auftauchen und so lange vor seiner Tür sitzen, bis sich sein Sohn endlich Zeit für ihn nähme.

Nun hockten sie am alten Küchentisch, an dem sie schon in Aarons Kindheit gesessen hatten, und schwiegen sich an. Eine seltsame Distanz lag zwischen ihnen. Sie war Aaron unangenehm. Er hatte immer ein inniges Verhältnis zu seinem Vater gehabt. Vor allem seitdem seine Mutter gestorben war. Jetzt nippte er an seinem Kaffee und fragte sich, wann sich das geändert hatte. Wann fing es an, dass er seinen Vater nicht mehr regelmäßig anrief? Wann fing es an, dass er ihn nicht mehr regelmäßig besuchte? Und wann fing es an, dass er seine Sekretärin anwies, seinen Vater nicht mehr durchzustellen, wenn er sich nach ihm erkundigen wollte? Er konnte keinen genauen Zeitpunkt ausmachen. Er wusste nur, dass es seine Schuld war. Er hatte seinen Vater aus seinem Leben gedrängt. Ein Gefühl von Scham kam über ihn.

Aaron musterte seinen Vater, der mit der Gabel in seinem Stück Kuchen herumpulte. Seit dem Gespräch auf der Feier, die Katharinas Eltern für ihn ausgerichtet hatten, war sein Vater noch einmal um einiges gealtert. Mit seinen 76 Jahren sah er eher aus wie 86. Noch mehr braune Flecken als damals schon zierten seine Glatze; die wenigen Haare, die noch übrig waren, waren weiß geworden. Seine Haut hatte jegliche Spannkraft verloren. Mittlerweile saß eine neue Brille auf seiner Nase. Sie war eckig. Irgendwie wollte sie nicht so recht zu seiner Gesichtsform passen. Er hatte sie nur gekauft, weil die Alte kaputt gegangen war. Aaron hatte ihn zum Optiker begleiten sollen, um ein neues Gestell auszuwählen, doch wie so oft hatte er sich keine Zeit für seinen Vater genommen. Auch dafür schämte er sich jetzt.

»Aaron!«, sagte sein Vater unvermittelt. Seine Stimme klang streng. »Du weißt, dass ich nicht mehr lange hier sein werde…«

»Ach, hör doch auf mit dem Unsinn, Papa!«, unterbrach Aaron ihn. Er hasste es, wenn sein Vater vom Sterben sprach. Aarons Vater ballte die Faust und schlug auf den Tisch. Der laute Knall ließ Aaron zusammenzucken. Das Geschirr wackelte, der Kaffee schwappte über die Tassen. Er hatte seinen Vater noch nie so erlebt.

»Ich meine es ernst«, brüllte dieser, »Ich erkenne dich gar nicht mehr! Du interessierst dich für niemand anderen, außer für dich selbst!« Aaron saß wie versteinert da, seinem Vater kamen die Tränen: »Du bist nicht mehr der Junge, den deine Mutter und ich groß gezogen haben.«

Aaron musste schlucken. Er wusste, dass sein Vater recht hatte. Seit seiner Reise nach Berlin, hatte er sich mehr und mehr zurückgezogen. Die wenigen Freunde, die er hatte, hatte er kaum noch besucht; geplante Treffen ständig abgesagt, bis er irgendwann nicht mehr eingeladen wurde. Er spielte kein Squash mehr, nahm nicht mehr an Quizrunden teil und hatte aufgehört ehrenamtlich in der Suppenküche mitzuhelfen.

»Wann bist du das letzte Mal beim Grab deiner Mutter gewesen? Sie würde sich schämen, wenn sie wüsste, was aus dir geworden ist!«

Aaron spürte den Stich in seinem Herzen, den sein Vater ihm mit seinem Vorwurf verpasst hatte. Ihm wurde flau im Magen. *Seine Mutter würde sich schämen.* Seine Kehle schnürte sich zu. *Sie würde sich schämen.* Die Erkenntnis, dass er seit Ewigkeiten nicht mehr an seine Mutter gedacht hatte, dass sie sich für ihn schämen könnte, riss Aaron den Boden unter den Füßen weg. Er begann heftig zu schluchzen. Es war, als würden alle Empfindungen, die er sich seit Jahren verboten hatte zu fühlen, auf einmal auf ihn niederstürzen, wie ein abrissreifes Hochhaus, das in sich zusammenbricht. *Mama würde sich schämen!*

Aarons Vater setzte sich neben seinen Sohn und legte den Arm um ihn. Es dauerte eine Weile, bis Aaron sich beruhigt hatte. Eine unendliche Leere überfiel ihn. Nein, eigentlich war sie schon lange da gewesen, sie wurde ihm nur jetzt erst bewusst.

»Ich möchte nicht aus dem Leben treten, ohne, dass ich weiß, dass du glücklich bist«, sagte Aarons Vater. Seine Stimme klang wieder sanft und ruhig. »Das ist meine größte Sorge, mein Junge. Und das war auch die größte Angst deiner Mutter vor ihrem Tod… dass du nicht glücklich bist!«

Aaron schaute seinen Vater an. Seine Augen waren voller Liebe für ihn. Das sind sie immer gewesen.

»Ich bin unheimlich stolz, dass du so erfolgreich in deinem Beruf bist. Aber das ist nicht alles im Leben. Eine Familie zu haben, Freunde, sich um andere Menschen zu kümmern – das ist viel wichtiger, hörst du?«

Aaron nickte. Er hatte verstanden. Sein Vater hatte ihm an diesem Tag sein Leben gerettet. Auch wenn ihm das erst viel später klar wurde.

★

Um exakt zwölf Uhr bog Marie um die Ecke. Aaron war überrascht, dass sie pünktlich war. Es dauerte einen Moment, bis er sie erkannte. Er musste zwei Mal hinschauen, um sich zu vergewissern, dass sie es war:

Marie trug ein knielanges, schwarzes Sommerkleid mit Sonnenblumen darauf. Sie war schlanker als früher. Die Rundungen, die Aaron seit jeher so anziehend fand, hatte sie beinahe vollständig verloren. Auf ihren Schultern wippte wieder ein voller lockerer Pferdeschwanz. Sie sah gut aus. Die größte Überraschung aber war das Kind, das sie an der Hand hielt. Aarons Knie wurden weich. Noch bevor Marie und der Junge ihn erreichten, fing er an zu rechnen. 8, 9, 10. Er konnte das genaue Alter des Kleinen nicht bestimmen. Es könnte passen. War das sein Kind? War *es* der Grund, warum sich Marie unbedingt mit ihm treffen wollte? Das Trommeln seines Herzens wurde lauter. War dieser aufgeweckte Junge, der da an Maries Hand über die Platten des Bordsteins hüpfte, *sein* Junge?

»Hallo, Aaron!«, sagte Marie und ließ ihren Zopf durch ihre Finger spielen. Ihr Gesicht sah genauso aus wie er es in Erinnerung gehabt hatte – nur ein paar Fältchen zierten mittlerweile die Augen und die Stirn.

»Guten Tag, Marie!« Die Situation kam Aaron unwirklich vor. Eine Dekade war vergangen und plötzlich stand es wieder vor ihm: *das* Mädchen, in das er sein halbes Leben lang verliebt gewesen war. Liebte er es noch? Er hatte keine Ahnung. Er wusste nur, dass er froh war, Marie zu sehen und er spürte, dass auch sie sich freute. Für einen Augenblick standen sie einfach nur da und schauten einander an – ganz so, als wollten sie sicherstellen, dass sie real waren. Erst, als der Junge an Maries Kleid zog, fiel ihnen auf, dass sie für einen Moment wie auf einem anderen Planeten gewesen waren.

Aaron ging in die Hocke und streichelte dem Buben über das Haar: »Und wer bist du?«, fragte er freundlich. »Mican!«, entgegnete dieser stolz. Aaron richtete seinen Blick zu Marie. Ohne, dass er es aussprechen musste, wusste sie, was er wissen wollte. Sie schüttelte den Kopf. Aaron lenkte seine Augen wieder auf Mican, der ihn voller Erwartung anlächelte: Er hatte volles braunes Haar und leuchtend blaue Augen. Auf der Stupsnase saß eine blaue Brille mit dicken Gläsern. Er trug eine kurze rote Latzhose und ein blau-weiß gestreiftes T-Shirt. Seine nackten Füße steckten in braunen Ledersandalen. Sein Blick war wach und neugierig – so wie es der von Marie als kleines Mädchen gewesen war. Ein Gefühl von Enttäuschung ergriff Aaron. Enttäuschung, dass Maries Kind nicht auch sein Kind war.

»Mican!«, hörte Aaron von Weitem eine Stimme rufen. Maries Sohn ließ die Hand seiner Mutter los und rannte einem Mann entgegen. Aaron erkannte Tom auf Anhieb. Verwundert schaute er zu Marie. »Erkläre ich dir später«, sagte sie. Aaron beobachtete, wie Tom seinen Enkel mehrmals in die Höhe warf und Mican sich vor Vergnügen kringelte. Tom trug ein Ensemble aus weißer Leinenshorts und weißem Leinenhemd. Auf seinem Kopf saß ein Strohhut. Es war nicht mehr viel übrig von dem legendären Anwalt, der mit seiner stoischen Präsenz den gesamten Verhandlungssaal zum Staunen bringen konnte. Aaron überlegte, wann er Tom das letzte Mal begegnet war… Es war lange her. Zu Beginn seiner Tätigkeit am Gericht hatte Aaron ihn noch einige Male getroffen, dabei hatten sie aber nie auch nur ein einziges Wort über Marie verloren. Obwohl Tom ihn stets freundlich gegrüßt hatte, hatte Aaron gespürt, dass es ihm unangenehm war, ihn zu treffen. Vielleicht, glaubte Aaron damals, weil sein Anblick ihn an seine Tochter erinnerte.

»Na, ihr Beiden«, rief Tom, und setzte seinen Enkelsohn vor sich ab. Mican kuschelte sich an dessen Hüfte; er wollte seinen Großvater nicht loslassen. Aaron fiel auf, dass die Gesichtszüge von Tom viel weicher waren als früher, auch seine Stimme klang ungewöhnlich sanft. Als Kind hatte sich Aaron vor ihm gefürchtet; in Toms Tonlage hatte immer eine gewisse Strenge gelegen, ebenso in seiner Miene. Jetzt aber schien er Aaron wie ein komplett anderer Mensch.

»Wir sehen uns dann heute Abend, okay, Papa? Und bitte keine Süßigkeiten vor dem Essen!« Marie beugte sich zu ihrem Sohn: »Und du, kleiner Mann, bist brav und hörst auf deinen Opa!« Mican umarmte seine Mutter und gab ihr einen Kuss. »Ich hab dich lieb«, flüsterte sie dem Kleinen ins Ohr. Es berührte Aaron, wie fürsorglich Marie war; geradezu ängstlich. Es schien ihr schwer zu fallen, sich von ihrem Sohn zu trennen. Es war eine Seite von Marie, die er nicht kannte.

Nachdem sie sich von Tom und Mican verabschiedet hatten, schlug Marie vor mit dem Taxi zum Friedhof zu fahren; dort sei es so schön ruhig und luftig. Außerdem hätte sie dort noch etwas zu erledigen. Aaron willigte ein, auch wenn ihm der Ort für ein Gespräch seltsam vorkam. Aber immerhin, hoffte er, würde es dort ein wenig kühler sein.

Auf dem Weg zum Friedhof wechselten sie kein Wort miteinander. Aaron bemerkte, dass Marie mit jedem Kilometer angespannter wurde. Sie zupfte an ihrem Pferdeschwanz und knabberte an ihren Fingernägeln. Zum Teufel, er war genauso aufgeregt! Warum wollte sie ihn plötzlich wiedersehen? Mican war nicht sein Kind; das war also nicht der Grund. Wollte sie sich entschuldigen? Wollte sie Abbitte leisten? Die letzten zwei Wochen hatte er sich den Kopf darüber zermartert. Er hatte sich nicht konzentrieren können, kaum einen Bissen runter bekommen, geschweige denn richtig schlafen können. Warum war sie plötzlich wieder in sein Leben getreten?

Auf dem Gelände des Friedhofs fühlte es sich tatsächlich weniger heiß an. Schon als sie das *Alte Portal* passiert hatten, war ihnen eine leichte Brise entgegen gekommen. Aaron war überrascht, wie voll es war. Zahlreiche Menschen spazierten die Wege und Alleen entlang; bepflanzten und bewässerten Gräber oder saßen unter einer der riesigen Eichen, Ulmen und Kastanien. Möglicherweise, überlegte er, waren auch sie geflüchtet; geflüchtet vor der brütenden Hitze und dem Lärm der Stadt – geflüchtet vor den Lebenden.

Marie war voran geschritten. Es hatte eine Weile gedauert, bis sie an einer Bank angekommen waren, die Maries Ziel gewesen war. Aaron entledigte sich seines Jacketts, das Hemd klebte an seinem Rücken. Er schaute auf seine Armbanduhr: 12.28 Uhr. Schon in einer halben Stunde musste er wieder bei Gericht sein und noch immer hatte Marie keine weitere Silbe verloren. Was wollte sie hier?

»Was willst du hier?«, nahm er seinen Mut zusammen.

»Siehst du den Grabstein da hinten links neben dem Gebüsch?« Er sah ihn. »Da liegt Angélique!«

Aaron war überrascht. Mit einer solchen Information hatte er beim besten Willen nicht gerechnet.

»Das… das tut mir leid, Marie!«

»Das muss dir nicht leid tun«, entgegnete sie und lächelte. »Ehrlich nicht!«

Sie sprach die Wahrheit. Keine Wut, keine Trauer, lag in ihren Augen.

»Hast du sie noch kennengelernt, bevor sie…« Er stockte. Noch immer viel es ihm schwer das Wort auszusprechen.

»Nein…«

»Hast du denn nie nach ihr gesucht?«

»Nein…« Marie überlegte einen Moment. »Es gab Tage, da wollte ich es, aber ich habe es nie getan. Ich habe einfach gespürt, dass es mir nicht gut getan hätte. Ich habe irgendwann akzeptiert, dass ich keine Mutter habe…« Marie bemerkte Aarons mitleidigen Blick.

»Ehrlich«, beruhigte sie ihn, »es ist *wirklich* okay. Es hat lange gedauert, aber ich habe mit dem Thema abgeschlossen. Ich bin glücklich. Mican hat mein Leben verändert. Er hat *mich* verändert.« Marie strahlte, wenn sie über ihren Sohn sprach. »Wegen ihm habe ich auch wieder Kontakt zu meinem Vater…«

Marie erzählte Aaron, dass Tom sie eines Tages angerufen und um ein Treffen mit ihr gebeten hätte. Da war ihr Sohn drei Monate alt. Lou hatte ihn damals hinter Maries Rücken über die Geburt seines Enkels informiert und so wären sie sich langsam wieder näher gekommen.

»Erst war ich ungemein sauer auf Lou, aber heute bin ich ihr richtig dankbar. Papa und ich haben uns ausgesprochen. Naja, soweit das bei Papa halt möglich ist… du kennst ihn ja!« Sie faltete die Hände vor ihrem Bauch und lächelte.

»Das freut mich ehrlich für dich, Marie! Dein Vater war vorhin auch kaum wiederzuerkennen…«

»Ja, oder? Er ist ganz vernarrt in Mican. Am liebsten würde er jedes Wochenende zu uns kommen und seinen Enkel besuchen. Er überlegt sogar ernsthaft nach Berlin zu ziehen. Kannst du dir das vorstellen?« Marie schüttelte mit dem Kopf und tippte spöttisch mit dem Zeigefinger an ihre Schläfe. Sie lachte. Doch ihre Geste konnte Aaron nicht darüber hinwegtäuschen, wie glücklich sie darüber war, dass ihr Vater wieder Teil ihres Lebens war. Sie war mit ihrer Vergangenheit im Reinen; sie war mit Tom im Reinen. Das spürte Aaron und er freute sich für

Marie, dass sie und Tom wieder zueinander gefunden hatten.

»Spaß beiseite. Papa kümmert sich wahnsinnig toll um Mican. Die Lieblingsbeschäftigung der Beiden ist angeln...« Marie begann von ihrem Sohn zu schwärmen. Es sprudelte nur so aus ihr heraus: Sie erzählte Aaron, dass Mican die Fische immer zurück ins Wasser werfen würde und Tom ihn gewähren ließe – schließlich könne dieser seinem Enkelsohn kaum einen Wunsch abschlagen. Sie erzählte ihm, dass Mican gerne lesen würde und in der Schule zu den Klassenbesten gehörte: »Ein richtiger kleiner Nerd eben!« Und sie erzählte Aaron, dass Mican unglaublich hilfsbereit und warmherzig sei. »Eigentlich genau wie du«, grinste sie und zwinkerte Aaron zu.

»Nur, dass er nicht von mir ist!« Aaron war überrascht von seinem schroffen Tonfall. Aber es stimmte. Mican war nicht sein Kind und er verstand nicht, warum Marie ihn hatte treffen wollen. Er freute sich aufrichtig für Maries Glück, gleichzeitig fragte er sich, warum sie ihm das alles mitteilte. Was hatte das mit ihm zu tun?

Für einen Moment schwiegen sie. Aaron bemerkte, wie Marie sich eine Träne aus den Augenwinkeln wischte.

»Es tut mir leid, Marie«, sagte er schließlich, »aber du hast mich damals wie den letzten Dreck behandelt und dann schickst du mir vor zwei Wochen diesen Brief... Ich weiß nicht, wie ich darauf reagieren soll. Ich freue mich, dass du glücklich bist...«

»Ich liebe dich!«

Aaron redete und redete; er hatte nicht vernommen, was Marie ihm gerade gesagt hatte.

Sie rutschte zu ihm rüber und nahm seine Hände: »Ich liebe dich«, wiederholte sie, »das wollte ich dir sagen. Deswegen bin ich hier!«

Ungläubig schaute Aaron Marie an. Hatte sie ihm gerade ihre Liebe gestanden? Nach zehn Jahren? Jetzt, da er verheiratet war und zwei Kinder hatte? Jetzt, da er endlich angekommen war?

Aaron sprang auf. Seine Gedanken überschlugen sich. Immer wieder fuhr er sich durch die Haare. Ein Gefühl von Wut nahm ihn ein. Wut, weil er Marie am liebsten küssen wollte. Wut, weil er sie noch immer liebte. Wut, weil sie sechs Jahre zu spät kam. *Sechs Jahre zu spät.*

»Warum hast du mich damals weggeschickt? Warum hast du gesagt, dass du mich nicht liebst?«, schrie er.

Marie suchte nach den richtigen Worten. »Ich habe an dem Morgen erfahren, dass ich schwanger bin. Ich war vollkommen durcheinander. Du bist ein paar Tage vorher in Berlin aufgetaucht und ich wusste sofort, dass ich noch etwas für dich empfinde. Den Abend, als wir ins Kino wollten, erinnerst du dich noch?«

Natürlich erinnerte er sich. Er erinnerte sich an jeden Moment, den sie miteinander geteilt hatten.

»Am nächsten Tag wollte ich mich eigentlich von Volkan trennen, aber dann habe ich herausgefunden, dass ich schwanger bin… Ich wollte einfach, dass mein Kind in einer intakten Familie aufwächst!«

Marie erzählte Aaron, dass sie zunächst mit Volkan zusammengeblieben war; dass sie selbst Lou vorgemacht hatte, dass sie glücklich sei. Sie offenbarte ihm, dass sie ihren Sohn beinahe abgetrieben hätte, als sie merkte, dass sie sich nur etwas vorspielte, und dass sie sich erst in letzter Sekunde dagegen entschieden hatte. Trotzdem hatte sie sich von Volkan getrennt. Sie teilten sich das Sorgerecht und seien gute Freunde; er wäre mittlerweile verheiratet und Mican hätte eine kleine Halbschwester. Sie dagegen hätte nie wieder einen Freund gehabt.

»Ich habe so oft an dich gedacht. In all der Zeit konnte ich dich nicht vergessen. Ich weiß, dass ich dir weh getan habe, Aaron. Alles, was ich dir angetan habe… schon in unserer Jugend. Ich wusste immer, dass du in mich verliebt bist, aber ich war einfach nicht fähig zu lieben. Ich dachte mein Leben lang, dass ich nicht gut genug für dich bin… dass ich es nicht wert bin, geliebt zu werden…« Maries Stimme brach weg, Tränen stiegen in ihr auf.

Aaron betrachtete Marie, wie sie auf der Bank saß und weinte.

»Ich bin verheiratet, Marie. Ich habe zwei Töchter…«, sagte er matt. Er kam sich vor wie ein zu Boden gegangener Boxer in einem Ringkampf. Er dachte an seine Frau, mit der er seit sechs Jahren zusammen war, und an seine Mädchen, die ihn vergötterten. Er dachte an die

Geburt seiner Töchter und an das Glück, das er gefühlt hat, als er jede von ihnen das erste Mal in seinen Armen hielt. Sie waren sein Leben.

Aaron setzte sich zurück zu Marie auf die Bank. Behutsam berührte er ihr Kinn und richtete ihren Kopf zu sich auf. Er wollte ihr in die Augen schauen. Marie nahm seine Hand und hielt sie fest. Es bedurfte keiner Worte, um einander zu sagen, dass sie sich liebten. Marie legte ihren Kopf auf Aarons Schulter. Schweigend saßen sie nebeneinander und beobachteten zwei Blaumeisen, die am Horizont einen Tanz aufführten. Sie segelten auf und ab; trennten sich ein paar Sekunden und flogen dann wieder aufeinander zu und schließlich, nach einer Weile, flog jede in eine andere Richtung davon – verschwunden in den Weiten des Horizonts.

F Ü N F Z E H N

Marie

Als sie die Tür aufschloss, kam Mican auf sie zugerannt. Auf dem Kopf saß eine selbst gebastelte Krone, seine Stirn, Nase und Backen waren geschminkt: »Guck mal, Mama, ich bin ein Tiger…« Mican sprang ihr in die Arme und schmiegte sich fest an sie. Sein Anblick beruhigte sie. »Roaaar«, knurrte Marie, »Du siehst ja richtig echt aus, mein Schatz.« Mican brabbelte drauf los und berichtete seiner Mutter von seinem Tag. Marie hörte ihrem Sohn aufmerksam zu. Mit strahlenden Augen erzählte er ihr, dass sein Opa mit ihm auf einen Jahrmarkt gegangen war, er dort mit dem Karussell und dem Autoscooter fahren durfte und in der Geisterbahn »überhaupt keine Angst hatte.« Zum Schluss hatte er sich ein neues Buch für seine Büchersammlung aussuchen dürfen. Zuhause hatte er dann zusammen mit seinem Opa eine Burg gebaut. Mican zog Marie mit ins Wohnzimmer und präsentierte ihr stolz sein Werk: »Ich bin der Prinz und du die

195

Königin, Mama!« Er stülpte ihr eine Papierkrone auf den Kopf und zog sich in seine Festung aus Stühlen, Sofakissen und Wolldecken zurück, wo er sich wieder dem Lesen widmete.

Marie blieb im Türrahmen stehen. Sie wollte noch einen Moment in dem Anblick verweilen, der sich ihr bot: ein Kind, das tief in eine Fantasiewelt eingetaucht war – frei und unbefangen. Das Bild vor ihren Augen machte sie glücklich. Sie liebte ihren Sohn und er liebte sie. Marie musste plötzlich an die Frau und deren Tochter denken, die damals im Wartezimmer der Abtreibungspraxis gesessen hatten. Sie fragte sich, ob sich das Mädchen für oder gegen das Kind entschieden hatte. So oder so, das Mädchen wäre nicht allein gewesen. Ihre Mutter war bei ihr. Sie war der Grund, warum sich Marie damals für Mican entschieden hatte. Sie hatte die unbändige Liebe, die diese Mutter für ihre Tochter empfand, spüren können. In dem Moment wusste sie, dass sie anders als Angélique war. Dass sie ihr Kind lieben würde – und zwar genauso aufrichtig und bedingungslos, wie diese fremde Frau ihre Tochter liebte.

In der Küche sah es aus, als wäre eine Bombe eingeschlagen. Rührschüsseln standen herum, allerlei Gemüse lag auf der Arbeitsplatte verteilt, zwei halbfertige Bleche mit Sauerteig warteten darauf, belegt zu werden. Marie schmunzelte, als ihr auffiel, dass Toms Schürze voller Mehl und Tomatenpaste war. »Es gibt Pizza«, sagte er und zuckte mit den Schultern. Sie lachten. Tom war nie geschickt in der Küche gewesen. In Maries Kindheit hatte meist die Nanny die Mahlzeiten zubereitet und als Marie älter wurde, hatte Tom fast ausschließlich Essen liefern lassen. Jetzt, da er Großvater und pensioniert war, überkam ihn das Bedürfnis kochen zu lernen. Marie wusste, dass er es bei seinem Enkel besser machen wollte. Das rechnete sie ihm hoch an. Er wollte gutmachen, was er bei ihr versäumt hatte.

Die Cocktailtomaten zersprangen unter der scharfen Klinge, die Auberginescheiben wollten sich vom Brett stehlen. Tom fing sie ab und drapierte sie auf den vorbereiteten Teig. Marie fiel auf, dass sie und ihr Vater das erste Mal überhaupt zusammen in der Küche standen. Es war merkwürdig: Obwohl sie noch nie miteinander gekocht hatten, verstanden sie sich blind. Sie schnitt das Gemüse und er kümmerte sich um das Anrichten. Sie raspelte den Käse, er streute die gehobelten Späne auf die Pizza. Sie schob die Bleche in den Ofen, er stellte die Temperatur ein. Sie holte eine Flasche Pinot Gris aus dem Kühlregal, er schenkte den Wein in die Gläser ein. Es fügte sich zusammen, was zusammen gehörte.

Marie nippte gedankenverloren an ihrem Glas; die fruchtige Säure des Pinot Gris kitzelte ihren Gaumen.

»Hast du mit Aaron gesprochen?« Tom räusperte sich. Die Frage war ihm unangenehm, trotzdem stellte er sie seiner Tochter.

Marie nickte.

»Und?«

»Er ist verheiratet und hat zwei Töchter.«

Tom räusperte sich erneut. Er wusste, wieviel Aaron Marie bedeutete. Er wusste, was auch seine Tochter Aaron bedeutete.

»Es tut mir leid.« Tom nahm Maries Hand und drückte sie. Es war seine Art, ihr zu zeigen, dass er für sie da war.

Marie schaute ihn an. Der Ausdruck in seinen Augen war mitfühlend, verständnisvoll, umarmend. Sie wusste, dass ihr Vater sie liebte, dass er sie immer geliebt hatte.

»Und der Brief? Hast du ihn deiner Mutter ans Grab gelegt?«

Marie nickte und drückte die Hand ihres Vaters.

Liebe Angélique,

ich verzeihe dir, dass du mich nicht geliebt hast.
Es war nicht meine Schuld, das weiß ich endlich.
Vielleicht war es auch nicht die deine!
Ich liebe mich für uns beide. Und ich weiß, dass
ich geliebt werde. Von meinem Sohn, meinen
Freunden, meinem Vater.

Ich hoffe, dass du das Leben gelebt hast, das du
leben wolltest. Und ich hoffe wirklich, dass du
glücklich warst.
Ich bin es!

Deine Marie

Aaron

Als er die Tür aufschloss, kamen seine Töchter auf ihn zugerannt. Er ging in die Hocke, um sie zu begrüßen. Seine Jüngste rieb sich die Augen; die Zweijährige schien gerade erst ihr Mittagsschläfchen beendet zu haben. Die Vierjährige streichelte ihrer Schwester über das rote Haar: »Tilly ist gerade erst aufgewacht«, sagte sie und ließ ein Löckchen der Schwester durch ihre kleinen Finger spielen.

Aaron verweilte einen Moment in der Position. Er beobachtete, wie seine Älteste ihre jüngere Schwester in die Arme nahm. Von Beginn an hatte sich bei ›seiner Großen‹ – wie er seine Erstgeborene nannte – nicht ein Fünkchen Eifersucht entzündet. Sie behütete Tilly, als wäre es ihr größter Schatz. Der Anblick seiner Töchter beruhigte ihn.

»Das ist aber eine Überraschung«, rief seine Frau aus dem oberen Stockwerk. »Habt ihr hitzefrei bekommen, oder was?« Er hörte sie lachen. Aaron kam nie ohne triftigen Grund früher von der Arbeit, oft kam er gar erst nach Hause, wenn seine Töchter schon schliefen. Nein, er kam heim, weil er seine Termine abgesagt hatte; er kam heim, weil er sich vergewissern wollte, dass er die richtige Entscheidung getroffen hatte.

Im nächsten Moment eilte seine Frau die Treppe runter: Die schulterlangen roten Haare waren mit Gummis zu zwei Zöpfen geflochten; ein knapper Jumpsuit saß locker auf ihren Hüften. Dicke blonde Haare kringelten sich auf ihren Beinen; eine Landschaft aus Dellen zierte ihre Oberschenkel. Seine Frau hatte schon bei ihrem Kennenlernen deutliche Rundungen gehabt, die mit jedem Kind noch runder wurden. Es hatte ihm nichts ausgemacht – im Gegenteil. Das, was er bei Katharina vermisst hatte, und das, was er in der Nacht mit Marie kurz gekostet hatte, wies seine Frau in Hülle und Fülle auf. Es war aber nicht ihre kurvige Figur, in die sich Aaron vor sechs Jahren verliebt hatte; es waren ihr Witz und ihre Schlagfertigkeit. Vielleicht hatte sie ihn zu Beginn auch ein wenig an Marie erinnert, das mochte er eingestehen; er hatte ihr sogar später davon erzählt. Da waren sie noch nicht lange zusammen, als er sagte: »Weißt du was, Emma? Du erinnerst mich an meine beste Freundin. In die war ich mein ganzes Leben lang verliebt!« Natürlich war Aaron angetrunken gewesen und schämte sich am nächsten Morgen für seinen Kommentar. Aber seine Frau hatte es mit Humor genommen. Auch, als Aaron ihr die ganze Geschichte offenbarte, war sie nicht eifersüchtig gewesen. Warum hatte es Emma nie gestört, dass es da eine andere Liebe in seinem Leben gab? Er konnte sich nie einen Reim darauf machen. Er wusste, dass Emma ihn liebte. An fehlender Zuneigung hatte es also nicht gelegen. Vielleicht, überlegte er, reichte es ihr, dass er sie AUCH liebte.

»Ist dir eine Laus über die Leber gelaufen?« Aaron hatte nicht bemerkt, dass seine Augen starr geworden waren. Seine Frau gab ihm einen Kuss.

»Entschuldige! Die Hitze macht mir wirklich zu schaffen. Was hast du gesagt?«

»Warum du schon zuhause bist?«

Aaron atmete tief ein. Er wusste, dass er seiner Frau die Wahrheit sagen konnte. Trotzdem entschied er sich dagegen. Es war unwichtig – jetzt, da er Marie nie wiedersehen würde.

»Ich wollte euch heute einfach sehen! Die letzten Wochen habe ich so wenig Zeit mit Greta und Mathilda gehabt… Ich hatte heute einfach das Bedürfnis das nachzuholen…«

Aaron fing an Monstergeräusche nachzuahmen. Seine Töchter wussten, was das zu bedeuten hatte. Sie fingen an zu kreischen und zu klatschen. Aaron jagte seine Mädchen durchs Wohnzimmer, um die Polstermöbel herum, durch die offene Küche und zurück. Ein Konzert von glücklichen Kinderstimmen rauschte durch das Haus. Irgendwann fiel er erschöpft auf die Couch. Seine Töchter turnten auf ihm herum und johlten: »Weiter Papa, weiter!«

»Jetzt wird erstmal Mittag gegessen, ihr kleinen Monsterchen!« Ohne Widerworte sprangen seine Töchter auf und eilten zu ihrer Mutter, um ihr zu helfen.

Aarons Schnaufen ebbte ab. Er schnappte sich seine Kopfhörer und stellte die Stereoanlage an.

Tschaikowskis 1. Klavierkonzert tanzte durch sein Trommelfell. Er beobachtete seine Frau und seine Kinder, während das Orchester in seinen Ohren auf seinen Höhepunkt zusteuerte. Die Mädchen strahlten, als sie ihrer Mutter dabei halfen, den Tisch einzudecken. Vorsichtig und voller Stolz brachten sie jedes Glas, jeden Teller, heile an ihr Ziel. Dabei lachten sie und ließen sich von ihrer Mutter loben. Das Bild, das Aaron vor seinen Augen sah, machte ihn glücklich. Er dachte an die Worte seines Vaters: »Die Familie ist das Wichtigste. Sie ist das größte Glück im Leben.« Aaron liebte seine Töchter. Und er liebte auch seine Frau. Sie war nicht seine große Liebe, aber sie war eine Liebe. *Vielleicht reichte das ja… Vielleicht reichte das für ein ganzes Leben!*